KB076087

새들의 역사

새들의 역사

최 금 진 시 집

창비

차 례

제1부

웃는 사람들

웃음은 활력 넘치는 사람들 속에 장치되어 있다가
폭발물처럼 불시에 터진다
웃음은 무섭다
자신만만하고 거리낌없는
남자다운 웃음은 배워두면 좋지만
아무리 따라해도 쉽게 안되는 것
열성인자를 물려받고 태어난 웃음은 어딘가 일그러져
영락없이 잡종인 게 들통난다
계층재생산,이란 말을 쓰지 않아도
얼굴에 그려져 있는 어색한 웃음은 보나마나
가난한 아버지와 불행한 어머니의 교배로 만들어진 것
  자신의 표정을 능가하는 어떤 표정도 만들 수 없기 때
문에
  웃다가 제풀에 지쳤을 때 문득 느껴지는 허기처럼
  모두가 골고루 나눠갖지 않는 웃음은 배가 고프다
  못나고 부끄러운 아버지들을 뚝뚝 떼어
  이 사람 저 사람의 낯짝에 공평하게 붙여주면 안될까

술만 먹으면 취해서 울던 뻐드렁니
가난한 아버지의 더러운 입냄새와 땀냄새와
꼭 어린애 같은 부끄러움을 코에 귀에 달아주면
누구나 행복할까
대책없이 거리에서 크게 웃는 사람들이 있다
어깨동무를 하고 넥타이를 매고
우르르 몰려다니는 웃음들이 있다
그런 웃음은 너무 폭력적이다, 함께 밥도 먹고 싶지
않다
계통이 훌륭한 웃음일수록,
말없이 고개숙이고 달그락달그락 숟가락질만 해야
하는
깨진 알전구의 저녁식사에 대한 이해가 없다
그러므로 아무리 참고 견디려 해도
웃음엔 민주주의가 없다

잉어떼

저수지의 잉어들은 빠져죽은 사람 얼굴과 닮았지
건져올려놓고 보면 영락없이
작년에 죽은 누군가의 이목구비가 달려 있었지
잉어들은 밤만 되면 물길을 거슬러올라가
상류에서 알몸으로 목욕하는 달빛의 속살을 뜯어먹고
통통하게 살이 올랐지
우리는 그 길목을 잘 알고 있어서
잉어들이 좋아하는 새끼제비를 돌로 찧고 다져 미끼로
쓰곤 했지
유서도 못 쓰고 죽은 신원미상의 젊은 여자와
병들어 앓다가 엉금엉금 기어와
신발만 겨우 벗고 뛰어든 할망구
물 먹고 죽은 그들의 너덜너덜한 얼굴 조각들이 흘러
다니는 저수지
하얗게 머리를 풀어헤친 달이 떠오르면
지게작대기로 제비집을 털면서 우리는 낄낄낄 웃었지
벌건 살점의 제비새끼들을 쇠공이로 찧고 다지면

어떻게 알았는지 잉어떼들이 여기저기서 막 뛰어올랐지
친구가 따먹은 어떤 여자애도 거기서 빠져죽었는데
좁은 물길을 따라올라가 밑밥을 던지면
지느러미를 치면서 미친 듯이 몰려드는 잉어들 중에는
몸통에 알을 통통하게 밴 것들도 있었지
멀리서 용두산이 뒷짐을 진 채 헛기침을 하고
물가의 바위들이 커다란 알몸 까고 환하게 등목할 때
우리들 아비한테서 배운 오랜 방법대로
우리는 바가지에 물을 머금어 공중에 내뿜곤 했지
지느러미를 흔들며 빛들이 사방에서 모여들고
    펄떡거리는 누런 잉어비늘을 생으로 떼어 주머니에 넣
어두고는
    꼬리뼈 툭 튀어나온 알몸으로
    우리는 저수지 속으로 일제히 뛰어들었지
    깊고 차가운 수압이 맨살의 우리를 뒤에서 안을 때
    어디선가 낯익은 잉어떼들이 툭툭,
    우리들 종아리와 발가락을 지그시 깨물고 지나갔지

13

시청자가 TV를 사랑해야 하는 이유

남몰래 연애도 하고 술도 마시고 울기도 했을
그 여자 앵커는 이제 결혼한다
그녀는 나를 TV의 광활한 세계로 인도해주었으므로
차마 그녀를 미워하지 못하고 채널만 자꾸 바꾼다
동물의세계, 비욘드미스터리, 스포츠세상,을
넘나들 수 있는 초능력을 준 건 리모컨이 아니다
그녀는 나의 사상계의 확장이었다

두뇌용량이 나보다 배나 클 것 같은 벤처기업 사장은
TV에서 그녀와 키스했다
　나는 저녁을 먹다가 숟가락을 내려놓고 급한 대로 짧
은 이별시를 한편 썼다
　잘 살아라, 이젠 내가 너를 보낸다,
　네가 나를 떠나는 게 아니라 내가 너를 보내는 것이다
　시저보다는 로마를……그리고 나는 여자 앵커보다 TV
를 더 사랑해야 한다

그러나 그녀는 결혼을 하지 말았어야 했다

요리를 하다가, 빨래를 하다가, 애를 낳고, 남편을 출근시키고, 아이들을 대학에 보내고, 서둘러 늙고 병들고, 어느날은 가장 좋아하는 연속극을 놓치고 황망히 소파에 앉아

그녀는 TV를 떠나서 정말 행복할 수 있을까?

주일아침, 나는 이제 그녀가 없는 TV의 채널을 돌리며

TV를 예배한다, TV를 더 깊이 파고 들어간다

그리고 이전보다 더욱 그녀를 걱정한다

나를 그녀에게 인도해준

TV에 대한 최소한의 양심과 책임

그것이 그녀의 불행까지 시청해야 하는 독실한 TV 시청자의 몫인 것이다

TV가 나를 알아주지 않는다고 해서 TV를 원망하는 것은 TV의 뜻이 아니다

다들 어디로 가나

내 꿈속에 오는 빼빼 마른 조상들은
왜 둘씩 셋씩 숨죽이고 앉아
한국식으로 육회를 먹나
피 묻은 쇠고기를 허겁지겁 맨손으로 떼어먹나
손등까지 싹싹 핥아먹고
굶주린 개들처럼 나를 뚫어지게 바라보다가
다들 어디로 가나
얼굴도 모르는 수세기 전 사람들과 몸을 섞어
안개처럼 바람처럼
또 어디로 몰려가나
육촌형님은 죽어서도 홀아비고
할머니는 날 전혀 모른다는 듯 웃고 있고
왜 조상들은 제사가 있는 날이면 꼭
상반신만 남아 꿈속으로 몰려다니나
귀신들도 국경이 있나, 정부가 있나
왜 나는 한번도 본 적 없는 증조부와 닮았나
고향을 한참 떠나왔고, 친척도 이젠 없는데

내 가느다란 팔다리마다 최씨들뿐이다
서른다섯 해를 살아도 내 몸엔 온통
가난하게 살다 죽은 최씨들뿐이다
최씨들은 왜 모두 얼굴이 길고
왜 웃을 때 당당하게 남을 똑바로 못 보고 웃나
우리가 죽어서 코끼리들처럼 서로 만난다면
그렇게 모여서 다들 어디로 가나
상아 같은 흰수염을 뽑아 쌓아놓고 우리는
또 어떤 가문에 나서
커다란 귀를 펄럭이며 초원을 떠도나

아파트가 운다

가난한 사람들의 아파트엔 싸움이 많다
건너뛰면 가닿을 것 같은 집집마다
형광등 눈밑이 검고 핼쑥하다
누군가는 죽여달라고 외치고 또 누구는 실제로 칼로
목을 긋기도 한다
밤이면 우울증을 앓는 사람들이
유체이탈한 영혼들처럼 기다란 복도에 나와
열대야 속에 멍하니 앉아 있다
여자들은 남자처럼 힘이 세어지고 눈빛에선 쇳소리가
울린다
대개는 이유도 없는 적개심으로 술을 마시고
까닭도 없이 제 마누라와 애들을 팬다
아침에는 십팔평 칸칸의 집들이 밤새 욕설처럼 뱉어낸
악몽을 열고 아이들이 학교에 간다
운명도 팔자도 모르는 화단의 꽃들은 표정이 없다
동네를 떠나는 이들은 정해져 있다
전보다 조금 더 살림을 말아먹은 아내와

그들을 자식으로 두고 죽은 노인들이다
먼지가 풀풀 날리는 교과서를 족보책처럼 싸짊어지고
아이들이 돌아오면
아파트는 서서히 눈에 불을 켠다
이빨이 가려운 잡견처럼 무언가를 갉아먹고 싶은 아이
들을 곁에 세워놓고
잘사는 법과 싸움의 엉성한 방어자세를 가르치는 젊은
부부는
서로 사랑하지 않는다
밤이면 아파트가 울고, 울음소리는
근처 으슥한 공원으로 기어나가 흉흉한 소문들을 갈기
처럼 세우고 돌아온다
새벽까지 으르렁거린다
십팔, 십팔평 임대아파트에 평생을 건 사람들을 품고
아파트가 앓는다, 아파트가 운다
아프다고 콘크리트 벽을 쾅쾅 주먹으로 머리로 받으면
서 사람들이 운다

최씨 종친회

솔밭에 납작한 돌멩이 하나씩 깔고 앉아
사타구니 아래로
꼬리처럼 그림자를 축 늘어뜨리고
돌아가며 노래 한자락씩 하는 최씨 종친회

머리 위에는 돌아가는 저녁 햇무리
서로 닮은 입속에 고기를 찢어 넣어주며
충직하고도 길쭉한 얼굴들끼리
서로 대견하고 서로 안쓰러워
배부른 음식만 자꾸 권한다

묏자리 잘못 옮겨 망한 가족사를 남루하게 걸치고 모여
옛족보에 나오는 유복한 조상의 함자나
퍼즐처럼 제 돌림자에 애써 끼워맞춰보다가

솔밭에 빙 둘러앉아 원을 그리고
하릴없이 수건돌리기를 할 때

언제부터 저 둥글고 쓸쓸한 테두리
유전자 배열처럼 서로서로 꼬인 것들이
저들을 엮어놓고 있었던 걸까

꼬리에 꼬리를 물고 수건돌리기를 하는 최씨들
그 푸석한 혈통의 새끼줄 따라
돌고 도는 햇무리, 해의 무리들

어디 살든 서로 잊지 말자고, 내년에 또 보자고
낡은 표정 한장씩 서로 품에 끼워주며
사진을 찍으면
눈알마다 어김없이 흘러나와 번지는 붉은색

과부와 홀아비와 고아와 노인만 모였다가 가는
최씨 종친회

석회암지대

밤이면 저수지에선 말조개들이 울었다
거품을 물고 수면에 거꾸로 매달려 이리저리 떠다녔다
시멘트가루 잔뜩 눌어붙은 익사자 살가죽을 벗겨먹
으며
우렁이들은 저수지에서 토실토실 여물었다
동굴에서 나온 박쥐들이 몰래 사람들과 어울려 살았다
노인들은 젊은이들보다 오래 살았다
오래 사니까 검은 머리가 돋는다며 생선가시 같은 이
빨을 보이던
노파는 자주 뒷산 동굴 구멍으로 들어갔다
농약을 먹은 개들이 논둑을 뛰어다녔고
아이들은 움푹움푹 발이 빠지면서도
밭둑에 뚫린 작은 구멍을 통해 땅속을 쉽게 들락거렸다
동네는 석회암지대여서
집 밑에는 커다란 땅구멍이 서너 개씩은 미로처럼 나
있었다
누군가 잃어버린 운동화는 십리 밖 하천에서 발견되기

도 했다

　마을회관 앞 우물 속에는 늙은 메기가 살았는데

　손톱에 봉숭아물을 들인 누이들은

　얼굴 시커먼 청년들에게 제물로 바쳐지곤 했다

　분지를 덮고 있는 동그란 하늘에 이따금 꽃이 피기도
했는데

　그건 상여가 뒷산을 오르는 거였다

　마을의 한가운데엔 구멍 숭숭한 묘지가 있었고

　사람들은 그쪽을 향해 잔뜩 허리 조아리는 대문을 내
고 살았다

　잠을 자는 동안에도 화악, 확, 땅 꺼지는 소리가 들렸다

미륵님이 오신다

밤길 조심해라,
나는 거기 회원이고 우리 회원은 스무 명이 넘는다
내 말 알아듣겠냐?
인권단체나 시민연합처럼 우리도 곧 지부를 건설하고
세계동맹을 세울 것이다
돈 좀 있다고 뻐기는 놈들아
높은 자리에 있어서 막 살아도 다 용납되던 놈들아
거들먹거리고 똥폼 잡는 놈들아
이제 곧 하늘이 쫙쫙 찢어지고
돈다발이 63빌딩 꼭대기에서 폭포수처럼 쏟아질 것이다
못생긴 놈들 잡아다가 얼굴성형 다 시켜주시고
　집 없는 놈들 백평짜리 고급빌라에 무상영구임대로 분
양해주실
　미륵님이 오신다!
　저기 먹구름 속에서 번갯불이 쇠꼬챙이처럼 내려꽂
힐 때
　뒤통수 조심해라

나는 거기 회원이고, 우린 곧 미사일도 사고, 핵실험도
할 것이다
미륵님의 날을 우리가 앞당겨야 하는 것이다
내 말 알아듣겠냐?

그럼,

꿇어,

이 새끼야!

친구야, 혼자서 가라

속편하게 가라,
느타리버섯 같은 암세포가
네 항문을 다 파먹고 이미 내장에까지 뿌리내렸다니
자식 걱정, 와이프 걱정 하지 말고
용감하게, 대한민국 육군하사답게
전우의 시체를 넘고 넘어 진격하듯이
그렇게 가라,
나이 서른여덟이면 피는 꽃도 지는 꽃도 아니지
스무평 전세아파트와
현금 이천만원 남겼으면 됐지
가늘게, 가늘게라도
네 외아들에게 원주 전씨 24대를 넘겨줬으면 됐지
아프다고 돌아누워
애처럼 징징거리지 말고
내가 병실문을 쾅 닫고 돌아서서 나온 것처럼
미련 두지 말고
그깟 생명보험 하나 못 들어둔 거

입을 거, 먹을 거, 다 못 누렸다고 원통해하지 말고
저 밤하늘에
곰팡이 포자처럼 둥둥 떠서
혼자 가라,
주섬주섬 짐을 싸서 이사다니던 그날처럼
저승길 외롭다고 누구 데려갈 생각 말고
돌아보지 말고,
살아서 지겨운 가난,
너 혼자, 너 혼자서, 다 끝내고 가라

여기에 없는 사람

허리 가는 미녀들이 뱀처럼 득실대는 미개한 섬도 좋고
아무 나무에나 달라붙어 벌레처럼 종일 과일을 갉아먹
을 수 있는 열대의 어느 나라도 좋다
아무튼 나는 연금도 없고 직장도 없고
밤마다 꿈을 꾸면 나타나 엉엉 한국식으로 우는
오래전 죽은 내 아버지도 싫다
주민등록증 말고는 증명할 게 없는
가난한 친척들이 싫다
만날 전쟁이 터질듯 떠들어대는 텔레비전 고정출연의
잘 싸우는 미국도 못 싸우는 북한도 그리고
나보다 잘생긴 탤런트들도 싫다
돈 없어 죽은 조상귀신들이 나무열매처럼 주렁주렁 열
린 밤하늘이 싫다
머리 길게 풀어헤치고 판소리가락으로 우는 것들이
싫다
아리고 아린 아리랑이 싫다
태어나서 죽을 때까지 세금 내고

내가 꼴등인 걸 자꾸 확인시키면서 거기 싸인하라 하고
그것도 다 민주주의라고 우기는 대한민국 헌법이 싫다
나는 어떻게 하든 여길 뜰 것이다

우선, 비참하지만,
팔자에 복이 될 만한 손금 하나 없는
내 무국적의 손바닥을 여권 삼아
이렇게 적는다

'삥 뜯을 생각 마라, 나는 지금 여기에 없는 놈이다'

가난한 아버지들의 동화

가난한 아버지는 가난한 아들을 사랑했습니다
학교 가는 아들 앞에
초라하지만 정성스럽게 상을 차렸습니다

하지만 아들은 가난이 싫었습니다
아버지가 싫었습니다

먹어!
어서 처먹어!
안 먹어?

아버지는 가난한 자신이 부끄러워 화를 냈습니다
자신 앞에 앉아 있는
어리고 착한 가난의 뺨을 힘껏 때렸습니다
아무것도 모르는 가난의 배를 발로 걷어찼습니다

먹어!

어서 처먹어!

그 아들도 커서 똑같이 아버지가 되었습니다
아내는
이제 그를 사랑하지 않습니다
직장도 없는 그를 사랑하지 않습니다
툭하면 술 먹고 손버릇 나쁜 남편을 사랑하지 않습니다

뚝!
그쳐!
안 그쳐?

이런 식으로 울음을 달래는 가난한 가장을
아무도
아무도, 사랑하지 않습니다

무법자

시장에선 그가 가장 인기가 좋다

그의 연애담과 정치이야기는 기승전결, 같은 플롯으로
이루어져 있다

붙어먹었다,로 시작해서

모든 것이 다 말세라는 식의 결론도 피곤해지면

누운 채로 그는 땅바닥에 판본체로 '밥'이라고 쓴다

그러나 '밥'을 '법'으로 잘못 읽어도 상관없다

그에게 법은 밥이 되어준 적이 없었다

고성방가에, 노상방뇨에, 무단침입은 밥이 아니라 법
에 해당하므로

그는 저녁이 되기도 전에 순경에게 질질 끌려간다

모여든 사람들은 까르르 웃는다

살짝만 건드려도 그는 욕설을 법 조항처럼 쏟아낸다

나도 신체의 자유가 있다아, 나도 행복을 추구할 권리
가 있다아,

허기의 깡다구다

깡다구의 허기다

그의 비극적인 연애담은
그가 불행한 동안은 앞으로도 계속되겠지만
당분간 그는 시장에 나타나지 못할 것이다
독자들 입장에서 보면 그의 이야기는 너무 직설적인
까닭이다

세상에, 연애와 정치를 혼동하다니!
밥과 법을 혼동하다니!

애국가를 추억하며

(당신은 내가 원하는 것들을 주신 적이 한번도 없습
니다)

나는 자랑스런
시골 구멍가게 집안의 가난한 삼대독자로 태어나
좋은 직장과 좋은 대학과 좋은 가정을 갖지 못했으니
그러니 이젠
내가 국가를 위해 무엇을 해줄 것인가를 바라지 말고
나를 위해 국가가 무엇을 해줄 수 있을 것인가를
맹세해주십시오

영토, 국민, 주권……한평의 땅도 없는
굶는 것과 자는 것 말고는 어떤 권리도 없는
나는 어느 나라의 국민입니까
무료급식코너의 쥐구멍 같은 창구에서도
배식표를 뽑아 쥐는 지독한 사람들이
싼 집으로, 좀더 싼 집으로 이사다니다가

마침내 이 나라를 다 돈다면
동해물과 백두산이 마르고 닳을 때까지
삽자루 들고 땅을 파서
미국이나 일본 곁에 옮겨보도록 하겠습니다

새벽종이 울렸으니
그만 일하러 가겠습니다
망명해야 할 정부조차 없으니까요

부디, 돌아오는 밤길에 당신과 안 마주쳤으면
좋겠습니다

(대한사람 대한사람끼리 길이 보전하세요)

소년 가장

밤길을 걸어 집으로 가는데 죽은 아버지 부르는 소리
애야, 오늘은 마을에 제사가 있구나

목구멍이 빨대 같은 풀들이
피 묻은 꽃들을 헛바닥처럼 밖으로 꺼내어놓을 때
빠드득 빠드득 이빨 갈며 풀벌레가 울고
소년의 굽은 어깨 위로 뛰어내리는 나무그림자
귀를 틀어막아도 따라오는
애야, 아비랑 가서 실컷 먹고 오자

어둠이 허방다리를 놓아주는 늦은 귀갓길에
배고플까봐, 배곯고 다닐까봐, 소년을 올라타는 소리

아비랑 가자, 아비랑 함께 가자

매트릭스 혹은 우리들의 산타공화국

우리가 정말 산타일까, 의심하는 아이들은
공화국에서 가장 머리가 나쁜 축에 속한다
탁아소에서부터 이타심과 희생정신을 교육받으며
눈길을 혼자 걸어갈 힘만 생기면
아이들은 모두 산타가 되는 것이다
부대자루에 가득 들어 있는 선물들은 모두
국영기업체에서 일률적으로 찍어낸 모조품이지만
공화국 링거줄에 주렁주렁 열려
탐스럽게 익어가는 저 불쌍한 꿈 기계들은
자신의 행복이 매년 진보하고 발전한다고 믿어야 한다
올해는 크리스마스캐럴을 50CC 더 주입해야 하고
내년부턴 미래에 대한 은밀한 자신감 갖게 하는 센
서를
기계의 중앙처리장치에 부착시켜야 한다
실업은 없다! 자살도 없다!
우울증? 그건 이미 수천년 전에 사라진 질병이다!
왜냐, 꿈꾸는 동안은 누구에게나 꿈이니까!

공화국의 관리들은
지도자의 뚱뚱한 미소를 가리키며 그렇게 강조한다
산타들은 모두 희고 빨갛다
검거나 푸르거나 노란 것은 하나도 없다
크리스마스가 되면 밤하늘엔 온통 산타들 천지다
그럴 때 배경으로 깔리는 찬양가는
기쁘다 구주 오셨네,
천사들은 공화국의 오랜 외교사절단이다
천국이 정말 있을까, 의심하는 어른들은
스스로 자아비판을 해야 한다
속았다고 확신하는 것보다 꿈꾸는 게 더 경제적이니까
공화국에선 모두 빨간 옷을 입으니까
한때 빨간색을 극단적으로 추앙했던 불순분자들조차
링거줄이 연결된 성실한 꿈 기계가 되어
눈 오는 날을 기다린다
메리크리스마스, 공화국의 가장 오래된 인사를 나누며
올해도 산타들이 지구를 지킨다

지긋지긋한 행복,
혹은 우리들의 의심스런 꿈으로부터

개

커다란 눈을 가진 검둥개가 간다
골목의 긴 통로마다 대문은 열려 있고
간신히 지붕을 괴어놓고 앉아 있는 오래된 집들을
기웃거리며 개는 바닥에 고개를 떨군다

말라빠진 어깨뼈가 지탱하는 병들고 무거운 개의 몸
악착같이 그림자가 따라붙는다
꼬리에 꼬리를 물고 냄새들이 따라붙는다
혓바닥은 글썽이는 눈동자를 씻지 못하고 축 처진다

아무 소리도 없고 아무런 움직임도 없는 대낮의
비닐하우스 같은 하늘 아래
늙고 병든 검둥개 한 마리가 쓰러져 누우면
땅은 개의 육체를 빨아당길 것이다
바닥은 편평하고 엎드려 있기에 더없이 좋다

그리고 기다렸다는 듯

개의 몸통을 끈질기게 잡고 늘어지던 그림자는
비틀비틀 일어나 개를 올라타고
마침내 개와 하나가 된다
개의 몸을 파고 들어가 땅에 같이 눕는다

커다랗고 둥근 개의 눈동자에
그렁그렁 파리떼 같은 땡볕이 잔뜩 달라붙는다

땅바닥은 축축하며 검은색이다

저수지 가까운 동네

개구리들은 못생긴 형상을 등에 업고 숨어 있다
겨울잠 들다가 나온 우리는 모두 추리닝을 입었다
앞서가는 발자국들이 누런 양말짝처럼 떠내려오고
초등학교때 친구 하나는 이 저수지에 빠졌다
칼날선 스케이트화로는 헤엄을 치지 못했을 것이다
그의 스케이트를 벗겼을 때 발가락엔
퉁퉁 불어터진 개구리의 물갈퀴가 달려 있었다
수문 가까이 돌을 들추면 벌겋게 녹물이 피어오르고
굳은 촛농처럼 개구리들은 떠오른다
이런 저녁은 으스스하다고 누군가 중얼거린다
그러나 커다란 손잡이로 울음을 틀어막고 있는 수문
그 캄캄한 너머까지는 아무도 들어가지 못한다
어두워지면 얼음을 덮고 누워
그만들 가지, 저수지는 우리를 마을로 흘려보낸다
들판을 들추어보면 어김없이 폐가가 있고
우리들 젊고 말없는 수컷들은
별 중요한 말도 없이 개구리를 구울 것이다

쩡쩡, 우는 저수지를 머리맡 물그릇처럼 놓고 사는
마을은 분지이고
유난히 겨울은 길어
저수지의 가느다란 지류를 타고
멀리 멀리 흘러가보았으면 하는 깊이도 모를 동경,
우리들도 한번쯤은 그랬었다
가슴속에서 웅웅거리며 우는
오래된 家門의 녹슨 손잡이를 가만히 만져보았었다
퇴화된 꼬리뼈 세우고 수로 바닥을 걸어가는 양서류들
뒷모습은 모두 구부정하고
우리가 태어나기 전부터 마을엔 저수지가 있었다

돼지에게 묻지 마라

접을 붙기 위해 수돼지가 간다
하수도를 끼고 사는 이 동네 출신인
배만 잔뜩 나온 아이들은
돼지가 씹을 하러 가는 재미와
그들의 부모가 밤이면 뒤엉켜 구르는 재미가
어떻게 다른지를 생각한다면 서로 피식, 웃을 것이다

쓰레기장 냄새가 이불에 배고
곰팡이처럼 축축한 아이들이 건넌방에 피어날 때
열등감 혹은 콤플렉스의 발원지는
하수도에 흐르는 저녁 쌀뜨물이었음을
돼지가 모르는 건 당연하다
거대한 몸집 뒤에 왜 그렇게 짤막한 꼬리가 붙어 있는지
왜 나이들면서 이 동네 출신 꼬리표가 따라붙는지
아이들은 모른다

막대기로 돼지의 등짝을 때리면

씩씩거리는 돼지의 분노와 성욕이 만든 입안의 거품은
부글부글 끓는다
그러나 그것이 쓴맛인지 단맛인지,
식탁에 차려지는 흐린 불빛에 대하여
사람들은 아무 말이 없고
저녁 후엔 결론이 뻔한 텔레비전 드라마를 본다

동네 가운데 하수도를 중심으로
아이들은 어른이 돼서도 집과 공장 사이를 흘러다니고
막대기에 얻어맞으며 길을 찾아가는 동안
돼지는 쉴 새 없이 정액을 흘린다
주둥이와 낯짝에 둥글게 걸려 있는 것이
웃음인지 비애인지,
그저 얼터지며 접이나 붙으러 가는 돼지는
부끄러울 것도 행복할 것도 없다

돼지의 성기는 늘 크고 벌겋다

즐거운 나의 집

여우도 굴이 있고, 새들도 둥지가 있는데
세상에 나서 어디 제집 한칸 갖기가 쉬운 일인가
인터넷 무료계정으로 세운 나의 HOME
마우스로 딸깍딸깍 한두 번만 두드리면 대문이 열리고
바탕화면엔 꽃밭이 가득!
즐거운 곳에선 나를 오라 하지만
사람이 태어나 반경 10Km 정도밖에 더 움직이겠는가
그 안에서 살다가 영업마감하는 것인데
두세 평 남짓한 월셋방 원룸에 눕는 밤이면
호적에도 주민등록증에도 없는
위성 GPS도 찾지 못하는 나의 HOME,
나 같은 백수가 귀가해야 할 집은 세상에 없으므로
새벽까지 하는 게임은 맛있고
오래 씹을 수도 있고
생각하면 군침이 나온다
의자에 몸이 깊이 박힌 사람들끼리
밤새 포커나 고스톱을 칠 때

우리는 이미 한 군락을 이루고 수많은 개체수를 확보
한 새로운 종이다
(마우스를 클릭하면)
캄캄한 밤 너머 침침한 안경을 해 쓰고 앉아 낄낄거리
는 혼령 같은, 해골 같은
(당신이 보인다)

나이 서른여섯에 처음으로 가져보는 방 한칸

창을 열고 밖을 내다보면
캄캄한 인터넷 밤하늘의 공기가 참 맑다

팝니다, 연락주세요

화장실 변기통에 앉아서
콩팥을 팝니다 전화주세요,를 보다가
나도 내 장기를 팔아 노후를 준비하듯
우리나라를 조금씩 떼어서 해외로 수출한다면
사람들은 모두 부자가 될 것이다
당겨쓴 카드빚과 텅 빈 통장을 생각하면
개인이 겪는 슬픔 따윈 아무것도 아닌
다수의 다수를 위한 두루마리화장지처럼
계속 풀려나오는
누군가의 슬픈 낙서 앞에서
나라가 있어야 개인이 있는 것이다,라고 말하지 말자
누가 나를 좀 팔아다오
나도 그에게로 가서
기꺼이 삼사만원의 현찰이 되어줄 테니
의지할 곳 하나도 없이 늙어가는 건달들아
제 손금을 들여다보지 마라
거기엔,

낳으시고 기르신 부모님 은혜가 없다
그 손으로 태극기 앞에 맹세할 의무가 없다
변기통의 물을 내리고
씩씩하게 지퍼를 올리고 아무리 다짐을 해도
갈 곳이 없는 사람들이
자신의 생으로 뭔가를 증명해야 한다면
화장실 벽에
이렇게 쓸 수밖에 없다

제일 싼 血 팝니다,
자본주의 만세!

제2부

수레

그의 아버지처럼
그도 나면서부터 하반신에 수레가 달려 있었다
당연히,
커서 그는 수레 끄는 사람이 되었다

그는 폐품을 찾아 개미굴 같은 골목을 헤매고 다녔다
바퀴에 척척 감기기만 할 뿐 결코 떨어지지 않는 길을
앞에서 끌어주고 뒤에서 밀어주는
제 자신과 함께 다녔다
지겨워한 적도, 사랑한 적도 없었다
외발, 외발, 황새처럼 골라 디디며
바닥만 보고 걸었다

아랫도리에 돋아난 다 삭아빠진 수레를 굴리며
덜덜덜 몸을 떨면서 방바닥 식은 집에 돌아오곤 했다
의심의 여지도 없이
그의 뼈 몇개는 바퀴살처럼 부러져 있었다

허리춤에 붙은 손잡이를 한번도 놓아본 적 없는
그에겐 언제나 고장나고 버려진 것들이 쌓여 있었다
아무도 대신 끌어주는 이가 없었다

그리고 어느날,
그는 자신의 낡은 몸뚱이를
무슨 망가진 문짝처럼 싣고 다니고 있었다
내리막길을
바들바들 떨리는 종아리로 버티며
자신을 실어나르고 있었다

오래된 결혼식

사람들은 저마다 걸어온 길을 끌고 모여든다
신부는 누에고치처럼 온몸이 망사로 싸여 있다
그녀의 젖가슴엔 끝도 없는 실타래가 들어 있어
대를 이어 자손들 입에 운명의 실마리를 물려줄 것이다

신랑은 곱슬머리, 타고난 제 고집을 틀어
터번처럼 머리에 쓰고
장차 까닭도 없이 용감해질 것이다
하지만 오늘은 행복한 날, 한몸 되는 날, 동충하초처럼
하객들 손에서 꽃다발 돋아나고
예, 예, 감사합니다, 신부의 입술은
긍정의 말만 하도록 빨간 루주로 봉해졌다
신부의 잘록한 옆구리로
신랑의 털 숭숭한 손이 기어들어가고
생일날 무명실을 잡았다던 신랑 웃음도 기어들어가고
이제 신부는 제 가슴에 신랑을 오래오래 짜넣을 것이다

늙은 부모들의 흐린 겹눈 속에
날아다니다 떨어지는 색종이들이 포착되어도
신부의 옷자락 한가닥이 풀린 채 땅에 질질 끌려도
오늘은 즐거운 날, 거리도 잠시 꽃밭
콧수염 거뭇한 아이들은 탯줄을 길게 뽑아
오색의 꽃풍선 날린다

책 읽는 여자

여성도서관 휴게실에선 눈먼 햇살이 그녀를 읽지
오래된 맞춤법의 틀린 오자를 모르는 늙은 사서처럼
시간은 그녀의 비문투성이 과거를 다 모른 채
그녀가 대출해간 토요일과 일요일 그리고
반납해야 할 월요일과 화요일을 점검하고 있지

기억해야 할 어떤 문장을 되새김하듯 그녀는
손거울을 보며 지워져가는 입술 라인을 고치지
이렇게 낡아버려 모든 게 다 지워질 것 같은
두꺼운 책의 표지를 열면
그녀가 모르고 끼워둔
빛바랜 한숨과 그녀의 눈물이 떨어지기도 하지

도서관의자 뒤에 적힌 흰 페인트의 숫자는
세상 한자리를 차지하고 있는 그녀의 유일한 좌표
도서관이라도 나오지 않는다면
그녀는 자신의 조심스런 발소리조차 들을 수 없지

그녀가 읽는 책은 어떤 독신자의 일기,
살아 있어서 늘 캄캄했던 자의 이야기 위에
그녀도 제 눈과 손을 떼어 한 겹씩 붙이고 있지

언제부터 그녀가
도서관에 꽂혀 있었는지는 아무도 모르지
누구도 그녀를 끝까지 읽은 적이 단 한 번도, 없지
폐관 시간이 가까워도
그녀는 일어날 줄 모르지

태풍 속에서

폭우가 쏟아진다
하늘에선 거대한 소용돌이가 다이얼을 돌린다
사내는 구인광고지처럼
저녁의 끄트머리에 서서 펄럭인다
우산대가 꺾인 사람들은 황망히 고개를 숙인다
손바닥 위엔 모종처럼 돋은 푸른 메모지 한장
사내는 있는 힘껏 비를 가리며 전화를 건다
동사무소 꼭대기엔 뭉툭 잘려진 입 하나, 커다란
스피커가 두리번거리며 그를 찾아낸 듯
안내방송한다, 모두들 일찍 귀가하시압!
아, 그렇습니까…… 네, 네, 사내는 입술을 질끈 깨물며
버려진 수화기처럼 웅크리고 돌아선다
손에서 구겨진 메모지가 무섭게 바닥에 달라붙는다
먹구름들이 하늘을 두껍게 풀칠해놓고
사내의 이력서 위에 새로운 어둠을 발라놓는다
상가에 켜진 TV들은 눈을 깜빡이며
간단명료하게 이 저녁의 풍경을 정의한다

태풍북상, 그러니 모든 외출을 삼가시압!
사내는 젖은 비닐봉지처럼 굴러간다
바람을 품고 아주 높이 떠오르고 싶다,
사내는 잔뜩 부풀어오른 외투를 부러 채우지 않는다
뚜뚜뚜뚜, 잘린 말의 토막들이
공중전화 부스 안에서
그의 등을 어둠속에 타전한다 하늘에선
거대한 회전문 속으로 머리채를 잡힌 구름들이
빙 빙이 돌고 있다, 진땀을 뺀다
저녁이 온통 다 젖는다

달과 함께 흘러가다

사내는 커튼을 연다
밤의 내장이 훤히 다 보이는 창문
이 집에선 참 많이도 아팠다, 사내는
옷가방 위에 걸터앉아 방안을 돌아다본다
고장난 싱크대의 卒卒卒, 소리 아래엔
장기알 몇개가 고여 있다
뭉치가 되어 구르는 자신의 머리카락과 까칠한 음모를
사내는 흰 편지봉투에라도 담아
달에게 보내주고 싶었다
잠시 손톱을 깎으며 사내는 달을 본다
그러나 어둠속에서 혼자 떠도는 것들은
모두 외통수다,
마지막으로 사내는
엑스레이 필름처럼 흰 뼈가 다 비치는
달을 가져가고 싶다
누구든 통째로 집을 들고 이사갈 수는 없다
창문을 열고 홀로 내다보던 쓸쓸한 풍경 서너 장을

겨우 스티커처럼 기억 속에 붙이고 갈 뿐이다
사내는 가방의 바깥 지퍼를 열어
창틀에 꽂힌 자신의 증명사진 한장을 넣는다
끝이다, 문이 닫힌 빈 방은 오래도록
떨어지는 물소리를 듣게 될 것이다
쫒쫒쫒, 사내는
천천히 현관문을 닫으며 어둠속으로 흘러간다

어떤 전과자

수갑을 찬 수형의 어둠이 줄줄이 끌려오는 밤길
그 중심엔 언제나 파출소가 둥둥 떠 있고
눈송이들 떠다니는 골목에서
나는 그를 기다린다

중얼중얼 「레위기」를 읽으며 가로등이 지나가고
새파랗게 머리를 삭발한 눈들은
길에 닿자마자 더러워진다
건달들의 삶이란
모든 길을 지나 불켜진 파출소로 흘러오기 마련
나는 파출소를 꺼내어 성호를 긋는다

십자가와 모텔의 붉은 등만 묘비처럼 남은 도시에서
부디 복수심이여, 자비를 베풀지 마시압!
눈을 뜨거나 감아도 어둠은 그저 어둠인 이 밤길에서
반성은 반성이 아니다,
그러므로 칼자루에 맹세한다

이 도시의 한 풍경에서 나는 그를 도려낼 것이다

인적 없는 자정, 달조차 없는 빛의 사각지대
찌익 긋는 성냥처럼 아주 조금만 견디면
사그라지고 마는 밤
더는 가벼워질 수 없어서 눈송이들 곤두박질치고
밤의 무채색 위에 덧칠해진 제 그림자를 벗어
외투처럼 흔들어대면서
보라, 그가, 아무것도 모르는 그가 웃으며 온다

온통 흰색뿐인 어둠을 덮어쓰고
지워지는 눈송이들아, 잘 가라
다시는 이 길에서 헤매지 말자, 잘 가라

나는
그를
찌를 것이다

조용한 가족

노파는 파리약을 타 마시고 죽었다
광목으로 지어 입은 속옷엔 뭉개진 변이 그득했다
입속에 다 털어넣고 삼키지 못한 욕설들이
다족류처럼 스멀스멀 벽지 위를 오르내렸다
어디 니들끼리, 한번 잘살아봐라……
스테인리스 밥그릇처럼 엎어진 노파의 손엔
사진 한장이 구겨져 있었다
손아귀에 모아진 마지막 떨리는 힘으로
노파는 흙벽을 긁어댔으리라, 뒤집혀진 손톱
그 핏물을 닦아내는 여자의 완고한 표정을
노파는 허연 게거품을 물고 맞서고 있었다
호상이구만 호상, 닭뼈다귀 같은 노파의 몸을
꾹꾹 펼쳐놓으며 남자는 신경질적으로 코를 막았다
서랍장 곳곳에서 몰래 먹다 남긴
사과며 과자부스러기들이 쏟아져나온 것 말고도
썩은 장판 밑에선 만원짜리 몇장이 더 나왔다
발가벗겨진 노파의 보랏빛 도는 입엔

서둘러 쌀 한줌이 콱 물려졌다
복날이었고
뽑힌 닭털처럼 노파의 살비듬이
안 보이게 날아다녔다

자매

사과를 깎아먹으며 TV를 보는 자매
여우원숭이처럼 킥킥킥 웃으며
주름이 지문을 다 파먹어버린 손으로
손톱을 세워 미끄러운 사과를 집는다
이를 잡아주듯 서로
사과쪽을 권하기도 하면서 가끔은
가려운 잇몸을 포크로 벅벅 긁기도 하면서
「동물의 왕국」을 본다 오후 다섯시의
햇살이 누런 바나나껍질처럼
반지하셋방 창살 틈으로 던져지고
눈두덩이에 검은 기미로 안경을 해 쓴 자매
작은 꽃밭 같은 꽃이불 속에 들어앉아
알록달록 컬러로 꽃피는 TV를 본다
설인 사스콰치처럼
눈꽃 한다발씩 머리에 이고
어쩌다 우리가 이렇게 폭삭 늙었나
서로를 쓰다듬으며 보듬으며

웅크리고 앉아 모아쥔 손으로
사과를 먹는다, 오물오물 맛있게 먹는다

따스한 구멍

오는 길과 가는 길이 서로 입맞춤하는
개미들의 길, 그대 집으로
나는 문상을 갔네 눈을 감고도
길 찾아가는 개미들 서로 부딪히는 법 없이
입에서 입으로 부음을 전할 때
허리 질끈 동인 그대의 식솔들
나 왔다고, 지팡이로 땅을 쿡쿡 찔러 깨웠네
가슴에 한움큼 흙덩이가 무너져내렸을 그대
누군가 솜으로 눈과 귀를 막아놓았지만
한숟가락 쌀알을 가득 입에 물고 그대도
찾아 돌아가야 할 땅구멍이 있겠지
나는 입속에 물고 온
곡소리를 꺼내어 그대 앞에 내려놓았네
복숭아꽃 피어 있는 산마을 병풍 속
향냄새를 한상 차려 내오는 그대
내가 주는 것을 그대가 받는다 생각지 않지만
가다가 배나 곯지 말라고

'밥값, 언젠가 외로울 때 얻어먹은 저녁일세'
흰 봉투에 그렇게 적어놓았네
그대와 내가 문득 축문을 사이에 두고
한잔씩 조등을 기울일 때 영차영차,
제 몸의 상여꾼인 개미들은 제 몸을 메고
장판 밑 따스한 구멍으로 돌아가고 있었네

징글벨징글벨, 겨울비는 내리고

오색 색동옷을 걸쳐입은 애드벌룬이 바람을 탄다
부적처럼 이마에 광고문안을 붙이고 징글징글
잔뜩 웃음을 부풀리고 있다
비에 젖은 총신을 세우고 가로수들은 겨울로 행군한다

검은 비닐봉지는 헛배가 불러 날아가고
늙은 폐허는 거리에 숨어서 노파를 출산한다
연말의 호황에 셔터를 내린 상가들은 연방 징글징글
잠의 깊은 참호를 파내려가
신호탄처럼 쏘아올릴 아침을 기다린다 귀순할 데 없는
늙고 병든 거리의 시민들은 터미널에 진을 친다
꿈의 네 기둥을 몸속에 박아넣고 징글징글
징글맞은 한해를 마셔댄다

도화선에 어떤 불도 당겨지지 않은 세말 또는
말세에 온 희망을 걸었던 왼손잡이 청년들은
붉은 혀 널름거리는 네온불빛을 향해 자원하여 떠나고

70

드럼통 쌓인 공터에선 흉기보다 무서운 사내들이
누군가의 꽃잎 같은 몸을 허물며 스며들기도 한다

파출소 앞 가로등으로 어둠은 가출소녀들처럼 모여들고
넓은 허공을 다 점령한 오색 애드벌룬이 징글징글
웃는다 성탄맞이대바겐세일을 거리에 통보하며
안 보이는 외줄을 타고 춤을 춘다

다시 한차례 먹구름들의 공습이 시작되는 아침
제야의 종소리를 앞세운 검은 제복의 구세군들은
북을 치며 징글징글 고아원과 양로원으로 행군한다

무엇이 그녀를 역전에 박아놓았나

역전광장에 앉아 있는 거지 여자의 하루가
신신파스처럼 욱신거린다
멍은 그녀의 오갈든 잎사귀
얼굴과 팔과 가슴에 매달고 그녀는 웃는다
담배를 입에 물고 숨을 쉬며
죽은 새의 영혼 같은 입김을 꺼내놓는다
가끔 연기로 도넛을 만들어 집어먹는 시늉을 하며
추억의 허기로 바싹 마른 여자의 젖가슴이 흔들린다
침을 삼키며 시비를 걸어오는
덕지덕지 피딱지가 앉은 사내의 흐릿한 눈
서로의 추운 몸을 깊이깊이 박아넣고 쉬어가자고
헤헤헤, 남자의 술병에 매달리는 여자의
등 위로 꽁지 뽑힌 비둘기들이 난다
광장에 달라붙은 껌자국처럼 어둑해진 눈으로
오후 여섯시의 시계탑이 그들을 내려다본다
불빛 커지는 뒷골목마다 깨진 소주병이 퍼렇다

여행자

그의 구두 뒤축에는 지구의 자전이 매달려 있다
호수에 날은 저물고 웅웅 편서풍이 분다
멀리서 지평선이 언덕을 내려놓고 달을 들어올린다
여행용 컨테이너처럼 그의 몸은 조립식
그는 몸을 펼쳐 텐트를 친다
발목사슬에 달고 질질 끌고 온 세월은
문밖 기둥에 白旗처럼 걸어놓는다
여기서 물고기를 잡아먹고 조개를 건져먹고
어느날은 패총처럼 굳어
자신의 묘비가 될 것이다, 그는 그렇게 편지를 쓴다
하이에나처럼 낄낄거리는 꽃들
그 먹이피라미드의 맨 밑바닥에 몸을 눕힌다
무너져오는 어둠의 네 귀퉁이를 손발로 들어올리고
안녕, 너무 늦은 시간이다, 그는 몸을 끄듯 눈을 감는다

과일가게 앞의 개들

생선의 해진 살점처럼 구름 떠다니는 거리는 비릿하다
러닝셔츠만 걸치고 여름을 나던 시절이
사내를 거쳐 지나와
다시 과일가게 앞에서 모기향을 피우고 있다
지워지지 않는 색깔을 뒤집어쓰고 파리들은 맴돈다

사내가 펼쳐드는 부채는
잎맥까지 다 말라버린 나뭇잎 같다
바람이 코앞에서 우수수 떨어져 꼼짝도 않는다

몽롱해진 정신 속에 이따금 손님처럼 졸음이 찾아오고
검은 씨들이 검버섯으로 박혀 있는 사내의 꿈이
깜짝 놀라 깨어질 때,
수박 속살을 파먹는 파리들은
아무리 쫓아도 얼굴과 수박의 붉은색을 구별하지 못
한다

사내가 러닝셔츠를 들춰올리고 바람을 불어넣는다
배꼽만 남아 배꼽이 썩어가는 배꼽참외들의 냄새
뭐 잘못된 것이라도 있느냐는 듯
지나는 사람들의 시선에 으름장을 놓는
사내의 가게 앞으로
비루먹은 개들이 떼지어 지나간다
제 몸을 다 토해내기라도 할 듯 헐떡이며
입 안 가득 상한 생선냄새를 질질 흘리며

사내는 사과를 하나 집어 러닝셔츠 안쪽으로 닦는다
바라보는 시선들을 깔보며 으적으적 깨물어 먹는다
목구멍까지 주름이 잡힐 갈증들이 바닥에 고개 떨군다

앙상하게 뼈대만 남은 오후가
툭, 비닐봉지 속으로 던져진다

브래지어 고르는 여자

브래지어가 탑처럼 쌓인 리어카 앞
아이 업은 갓 서른의 여자는
어떤 봉긋한 생각을 하며 브래지어 고를까
그녀도 어둠속에
돌아앉아 브래지어 채우며 쓸쓸해할까
일찍 가슴 동여매고 평평하게 살아온
청상과부 우리 엄마도
남모르는 두 개의 탑 가슴에 쌓고 살았던 것인데
빈 조개껍데기 같은 엄마
가슴속 패총에도 가끔 희망의 진주알 몽글몽글 잡혔
을까
아무렇지도 않게 만원에 두 장 외치는 남자 앞에서
수북이 브래지어 탑을 쌓는 여자
텅 빈 사이즈만 자꾸 가늠하고 있는데
캄캄한 몸 채운 끈을 풀고 샤워 끝낸 밤엔
그녀도 썰물 빠져나가는 소리 들을까
세상 모든 어머니들이 그런 것처럼

까닭도 없이 부끄러운 제 몸 가리며 한숨지을까
엄마의 서랍 속 낡아버린 브래지어가 기억하는
몽글몽글 콩알처럼 잡히는 아픈 것들 훑어내리며
그녀도 혼자 샤워를 할까
아무에게도 들키고 싶지 않은 거기를 하염없이 씻을까

사랑에 대한 짤막한 질문

차는 계곡에서 한달 뒤에 발견되었다
꽁무니에 썩은 알을 잔뜩 매달고 다니는
가재들이 타이어에 달라붙어 있었다
너무도 완벽했으므로 턱뼈가 으스러진 해골은
반쯤 웃고만 있었다
접근할 수 없는 내막으로 닫혀진 트렁크의
수상한 냄새 속으로 파리들이 날아다녔다
움푹 꺼진 여자의 눈알 속에 떨어진 담뱃재는
너무도 흔해빠진 국산이었다
함몰된 이마에서 붉게 솟구치다가 말라갔을
여자의 기억들은 망치처럼 단단하게 굳었다
흐물거리는 지갑 안에 접혀진 메모 한장
'나는 당신의 무엇이었을까'
헤벌어진 해골의 웃음이
둘러싼 사람들을 물끄러미 올려다보고 있었다
나는 무엇, 무엇이었을까…… 메아리가
축문처럼 주검 위에 잠시 머물다가 사라져갔다

제3부

바다거북

그는 수족관에 침몰선처럼 가라앉아 있었다
얼굴에 문신을 한 아랍인의 우울 같은 것이
주름살을 파들어가고 있었다
아무것도 할 수 없어, 유리를 들여다보며
뭔가를 말하려는 듯 앞발을 휘젓고 있었다

햇빛도 들지 않는 수족관에서
그는 알비노증에 걸린 사람처럼 등껍데기 속으로
자주 희멀건 얼굴을 숨겼다
여기서 나는 유일하게 살아남은 갑골문자야, 하지만
등껍데기에 새겨진 세월의 이면은 점치지 못한다

한 번도 깨진 적 없는
몸을 벗어던지려는 듯 그는 한참을 끙끙거렸다
나는 신하도 하나 없는 왕이야, 그는
그는 임금 王자가 새겨진 배를 유리에 문지르며
입을 뻐끔거렸다

오가는 사람들을 보나마나 다 안다는 듯
그의 시선은 유리벽 밖에까지 맺히지 못했다
짤막한 꼬리로 물속에 무수한 마침표를 찍으며
그렇게 같은 자리를 맴돌고 있었다

등판에 펼쳐진 별자리판에서
제 운명의 슬픈 점괘 하나를 얻은 것처럼
알라, 알라, 코란을 읊는 것처럼
그는 자꾸 콘크리트 바닥에
몸을 꿇어앉히고 있었다

천 개의 손

울고 싶고, 누구도 용서하기 싫고,
높은 데 올라서면 뛰어내리고 싶고,
차를 보면 달려들고 싶다고
빌딩숲에 내리는 눈발을 보며 당신은 말했다
사람은 가장 위험한 순간에 사람을 설득할 수 없다
우울한 당신의 목에 밧줄을 걸어주는 것은
안락사일까 아닐까
차라리 같이 죽자고 울던 당신 어머니의
우울증 속에서 돋아난
밤이면 몰래 당신을 쓰다듬는 손은
천수관음처럼 손가락이 천 개일 것이다
인터넷 자살사이트를 가슴에 저장하고 사는 당신,
 베란다 난간에 반쯤 걸쳐진 당신을 붙잡는 내 손은 턱
없이 모자랐으나
 당신은 울면서 내게 말했다
 날 그냥 놓아줘, 제발!
 눈발은 아래로 아래로 미끄러지고

당신과 나는 총체적으로 현명하게 진화해온
호모사피엔스,
차마 놓을 수 없는 어떤 본능으로
나는 당신을 붙들고 있었다
한 번도 본 적 없는 당신 어머니의
천 개의 손으로 당신을 힘껏 붙들고 있었다
적어도, 너는, 사람이다, 이러면, 안되는 거다,

할렐루야 소주와 함께

소주 두 병을 사놓고 아껴가며 먹는다
만성이 된 궁핍함에 무슨 경계가 있을까마는
그래도 저녁 여섯시 이후에
취해도 덜 부끄러운 시간에 마신다
술을 푼다는 말과 슬프다는 말의 여운이 서로 비슷해
지는 저녁
새우깡을 씹어먹으며
깡으로 찬장 속의 부엌칼을 물고 죽어도
그건 엽기적인 사건일 뿐 뉴스엔 나오지 않을 것이다

이 저녁의 소주 두 병과 일곱평의 방은 너무 적고
해놓은 것도 없으면서 모든 게 적다고만 생각되는 결핍,
왜 그런 결핍에 코를 댈 때마다 석유냄새가 나는 걸까
화악, 불길처럼 오르는 술기운

빈 술병을 들여다보면 그 속은 텅 빈 옹관묘
서너 개 불켜진 건너편 셋방들도 어둠속의 구멍

새해마다 같은 점괘가 나오는 사주의 까닭모를 불행은
왜 손도 안 닿는 구멍인가
구멍이 술주정뱅이를 낳고, 미신을 낳고
기도를 해볼까,
이 쓸쓸한 연말에 오실지도 모를 메시아나 기다려볼까
주여,
저는 당신이 끈덕지게 저주할 만한 사람이 못됩니다

소주 두 병으로 취하기엔 아무래도 모자라
추리닝을 입고 동네 슈퍼마켓에 가면
경기가 안 좋죠, 어떻게 알아보고 주인 사내가
말을 걸 것이다

누구나 함부로 예측할 수 있는 통속적인 불행을 산다
하지만 누구나
아닙니다, 살 만합니다, 웃으며 딴청을 부려야 산다
인간은 호모네간스, 반드시 그렇더라도 '부정하는 존

재'니까

　성탄절 트리를 멋지게 세운 골목 앞 교회에서

　예수님이 그려진 전도지를 보면

　무조건 아멘,이다

　갈 데까지 가겠다는, 기꺼이 '콜'하겠다는 뜻이다

　할렐루야, 소주와 함께

끝없는 길
지렁이

꿈틀거리는 의지로
어둠속 터널을 뚫는다
덧난 상처가 다시 가려워지는 쪽이 길이라고 믿으며
흙을 씹는다
눈뜨지 않아도 몸을 거쳐가는 시간
이대로 멈추면 여긴 딱 맞는 관짝인데
조금만 더 가면 끝이 나올까
무너진 길의 처음을 다시 만나기라도 할까
잘린 손목의 신경 같은 본능만 남아
벌겋게 어둠을 쥐었다 놓는다, 놓는다
돌아보면 캄캄하게 막장 무너져내리는 소리
앞도 뒤도 없고 후퇴도 전진도 없다
누군가 파묻은 탯줄처럼 삭은
노끈 한 조각이 되어
다 동여매지 못한 어느 끝에 제 몸을 이어보려는 듯
지렁이가 간다, 꿈틀꿈틀
어둠에 血이 돈다

뱀

직장 버리고 가족 버리고
남의 집 농사나 거들다 일생 접고 싶은
독한 고추냄새가 온몸에 배어 있었을 때
퇴근해서 집에 안 가고 혼자 강둑 서성이고 있었을 때

강가에 묶어놓은 소를 잡아먹는다는
그 큰 뱀을 나도 보았다

저녁이었고
해는 빨간 눈 뜨고 산 뒤에서 혀를 널름거리고 있었다
강 옆 검은 아스팔트길, 몸뚱이를 꿈틀거리며
내가 놓친 막차를 뒤쫓고 있었고
큰 물살이 일었고
시커먼 마름모꼴의 대가리가 물길을 가르고 있었다

물밑 깊은 침묵 다 알아듣는 쫑긋한 귀가 두 개
사나움으로 반짝이는 비늘

잔뜩 독을 품고 촘촘히 여문 이빨 틈에서
굵은 소울음소리 들려왔다, 惡하다,
惡하다, 군데군데 어둠이
내 몸을 물어뜯었다

나는 어두워지는 강변 붉은 밭이랑 위에 떠서
오래 그놈과 마주보고 있었다

직장 버리고 세상 버리고
남의 집 농사나 거들다 일생 접고 싶었던 젊은 내 몸에
두껍고 매끈한 외피가 소름처럼 돋아나고 있었다

봄날은 간다

사슴농장에 갔었네
혈색 좋은 사과나무 아래서
할아버지는 그중 튼튼한 놈을 돈 주고 샀네
순한 잇몸을 드러내며 사슴은 웃고 있었네
봄이 가고 있어요, 농장주인의 붉은 뺨은
길들여진 친절함을 연방 씰룩거리고 있었네
할아버지는 사슴의 엉덩이를 치며 흰 틀니를 번뜩였네
내 너를 마시고 回春할 것이니
먼저 온 사람들 너덧은 빨대처럼 생긴 주둥이를
컵에 박고 한잔씩 벌겋게 들이켜고 있었네
사과나무꽃 그늘이 사람들 몸속에 옮겨 앉았네
쭉 들이켜세요, 사슴은 누워 꿈을 꾸는 듯했네
사람들 두상은 모두 말처럼 길쭉해서 어떤 악의도 없
었네
누군가 입가를 문질러 닦을 때마다
꽃잎이 묻어났네, 정말 봄날이 가는 동안
뿔 잘리고 유리처럼 투명해진 사슴의 머리통에

사과나무 가지들이 대신 걸리고
할아버지 얼굴은 통통하게 피가 올라 출렁거렸네
늙은 돼지 몇마리를 몰고 나와 배웅하는 농장주인과
순록떼처럼 킁킁 웃으며 돌아가는 사람들 뒤
사과꽃잎에 핏물자국 번지며 봄날이 가고 있었네

구멍난 양말짝을 사랑하다

발가락은 내 클리토리스,
간지러운 가난의 애무를 흠뻑 받아들여
언제나 때가 잘 낀다
발톱이 길어지면 양말은 자주 구멍이 나고
구멍은 원래 클리토리스와 한쌍이니까
삶은 남루와 한쌍이니까
나는 구멍난 양말을 다시 꿰매어 신어야 한다
발톱 깎을 땐 다부지게 깎아야 하고
그렇게 해줘야 발가락은 만족하는 눈치여서
발톱이 살을 파먹으면
고름을 짜거나 연고를 발라가며 버텨야 한다
운다거나, 못 살겠다고 발버둥을 치는 건
조루증 같은 짓이니까
발톱이 뿌리를 내리고 살 속에 자리를 잡는 동안
발가락, 내 나약한 여성성인 클리토리스에게
나는 애원한다
나아라, 제발 나아라

쥐어짜면 짤수록 피고름이 엉겨붙는
너덜너덜 구멍난 양말,
본디 남루는 양말과 한쌍이니까
퉁퉁 불어터진 내 발가락, 밑바닥을 사는 자는
곪으면 아프고 가렵고 그런 거니까
나는 또, 오늘의 양말을 꿰매어 신어야 한다
그 안에 풀죽은 나를 밀어넣어야 한다

잠수함

나는 잠수함,
네가 사는 물밖으로 나가지 못한다
자꾸 아래로 침잠하는 버릇, 아무데도 정박할 수 없구나
문어발처럼 뻗은 섬의 뿌리가 어떻게 생겼는지
용암을 토하는 화산의 아가리가 얼마나 깊은지
나는 네가
그런 어둡고 탁한 깊이를 평생 모르고 살아가길 바란다
어느날엔가 그냥 장난처럼 낚싯대를 가지고와
그 끝에 잠시 파닥거리는 웃음을 미끼로 달고서
재미있게 하루를 드리웠다가 가거라
그때 나는
온통 철갑으로 둘러진 무거운 몸을 죄악처럼 입고서
네 그림자 밑을 조용히 스쳐지나갈 것이다
녹슨 쇳조각 떨어져내리는 폐선처럼
심해의 어둠에 나를 꿇어앉혀야 할 일만 남은 것처럼
미안하다, 너에게 가지 못한다
나는 잠수함,

물밖으로 꺼내놓은 작은 잠망경 하나에
행복한 너를 가득 담고서 네 앞을 지나간다
깊은 해구 속에서
무시무시한 귀신고래의 울음소리를 내면서
나는 밑바닥을 산다 그리고
이제 간신히 너 하나를 통과해가고 있다
미안하다,
너에게,
다신 가지 못한다

새발자국

오므렸던 발톱을 활짝 펼쳐들고 목련꽃들
창문 쪽으로 날아내리는 밤이었다

질경이기름으로 불을 피우면 밥상 위에
새가 된 망자의 발자국이 보인다고
노파는 홀린 듯 중얼거렸다

목련꽃 밝은 그림자가 유리창에 확 씌고
새부리 같은 코를 바닥에 조아리며
사람들은 연방 엎드려 절을 했다
어떤 형상을 만들며 향불의 연기가 피어났다
사람들의 한숨이 떨어질 때마다 옷깃에선
모월모일 기억들이 바스락거리는 소리 들렸다

둘 데 없는 고개를 어린 제 품에 묻고
아버지는 정말 새가 되었을까요,
소년의 날개옷 같은 뒷모습이 가만히 흔들렸다

바닥에 앉은 목련꽃들 촛불처럼 환하게 집을 밝혔다
사람들의 어깨가 만든 둥근 둥지 속으로
다 타버린 문종이, 다 식어버린 날개 한장이
가볍게 재로 부서지고 있었다

그릇 속에 담긴 생쌀들,
전부 새발자국이었다

꽃을 따먹다

꽃잎을 마구 따먹은 적이 있었다
외롭고 배고플 때 얘기다
거대한 공룡들이
꽃 때문에 멸망했다는 이야기는 그래서 아프다
마지막까지 꽃을 꺾어야 했던 것들은
탐욕의 죄를 견뎌야 했을 것이다
깨진 돌틈을 뚫고 나온 진달래꽃
그 예쁜 걸 붙잡고 종일 물고 빨고 씹고 있으면
나는 사람이 아니었다,
설사를 할 때마다
내 똥이 향기롭다,고 믿었다
이것은 내 살이니 먹을 수 있는 자는 한번 먹어보아라
저지를 수 있는 자는 저질러보아라,
진달래 꽃무더기 속에서
나는 그만 꽃의 음성을 알아듣고 만 것이었다
나는 산을 넘어도 한참을 넘고 말았다
먹음직스럽게 다닥다닥 죄가 여문 꽃무더기를 만났고

배가 고팠고, 굶주렸고
꽃을 따먹었다
나는,
사람이, 아니었고,
나는, 처음으로, 향기로워졌다

모른다, 캄캄하다

밤 열한시 가까운 대합실에 소년이 앉아 있다
퍼렇게 시든 두 손으로 연방 귀를 덮으며
눈송이 몰려오는 어둠속을 두리번거린다

터진 운동화 사이로 무성한 발톱뿌리를 내놓고
콜록콜록 성에 낀 기침을 소매로 훔치며
소년은 있는 힘껏 난로를 향해 몸을 뻗는다

그러나 소년은 기껏해야 열서너살
꺼져가는 난로통 속에라도 기어들어가
이 밤을 날 수 있기를 바라는 절망이
절망인 것을 모른다
그저 자신의 체온을 추위 속에 자꾸 잃어버리며
호주머니를 뒤져 과자부스러기를 입에 털어넣을 뿐
갈라터진 손등과 얼굴에 닿는
밤의 한기와 난로의 열기를 구분하지 못한다

대합실 창밖의 눈발을 따라 한없이 시선을 떨어뜨리며
후욱, 손등에 입김을 대어보는 소년은
눈송이 둥둥 떠다니다가 가라앉을 때마다
제 속에 스며드는
캄캄하고 나른한 것이 무엇인지
알지 못한다

무엇에 대항하기라도 하듯 다만
마른 침이나 택택, 바닥에 내뱉어볼 뿐이다

지상의 방 한칸

다이얼을 돌리다 말고 땡그랑,
백원짜리 동전처럼 떨어지는 사람들 이름을
그는 잃어버린다

시간도 자정능력을 잃어버린 자정
길 위의 모든 전화부스엔 손님이 끊겼을 것이나
머리통에 환하게 불 켜진 채
갈 곳을 찾지 못한 이들은
칸칸이 유리문 닫고 담배를 피운다

하늘 꼭대기에서 보면 어둠속 전화부스는
이름 없는 사내들의 별자리
담뱃불처럼 켜졌다 꺼지기를 반복하는 얼굴을
마침내 제 품속에 문질러 꺼버리고는
그는 쭈그리고 앉는다
수화기에 대고 텅 빈 노래를 불러본다
이따금 술취한 이들과 눈 마주치지만

교신은 이루어지지 않는다

버스도 다니지 않는 밤이면
길은 저절로 끊어진다
나 여기 다녀간다, 여기서 하룻밤 살았다, 중얼거리며
그는 눈물 같은 건 흘리지 않는다
수화기를 꼭 붙들고 그는 혼자 통화중이다
아무도 그의 전화를 받지 못한다

어둠이 끌고 올라가는 지상의 방 한칸 속에
그가 환하게 불 켜져 있다

고흐와 함께하는 달빛 감상

밤하늘엔 잘려나간 귀 하나가 걸려 있고
달빛을 물고 날아드는 환청을 그는 아파했을까
간지러워, 종일 호밀밭을 뜯어먹는
노란색을 누가 치워줬으면 좋겠어, 아버지는 당나귀,
사제관에서 노동하도록 서품을 받았지
자랑스런 태극기 앞에 맹세를 하고 싶었는데
아버지, 저는 훌륭한 사람을 그릴 수가 없어요,
　온몸의 털을 세워 어둠을 터치하는 삼나무들만 눈에
보여요
그는 울었는지 몰라, 해바라기에 머무는 빛에 눈멀어
훔칠 수만 있었다면 무덤이라도 팠을 거야
모든 색의 혼합인 어둠, 속에 뜨는 별들
카페와 중절모와 붓꽃 위에 소용돌이치는 별들, 미친!
날아다니는 물고기와 비릿한 석양 그리고
한곳을 맴도는 바람과 회중시계와 개미, 미친!
왜 어떤 이들은 나서 그런 것에 제 귀를 대어보는 걸까
생레미 요양원 위로 달은 다시 뜨고

달은 그의 접시안테나, 보청기, 투명한 비닐백
그는 방부처리가 되어 어둠속에 누워 있다
잘려진 귀 한쪽이 공중에 떠 있다
무심한 듯 혹은 아주 근심스럽게
날 그냥 내버려둬, 너덜너덜한 구름의 살점에
머리를 박고
이제 막 피 묻은 고개를 쳐드는 잔뜩 독오른 달

검은 비닐봉지를 보다

굶주린 고양이들의 입에서 쓸쓸함이 옮아오는 저녁

썩은 나물과 생선뼈, 파리가 끓는 쓰레기통 옆에서
술취한 누군가의 발에 옆구리가 터졌습니다
내장이 흘러나오고
구더기들이 달라붙어 염을 합니다
바람의 씻김굿이 한바탕 지나갑니다

옥상 위에 묶인 커다란 풍선들은
홀쭉해진 건물들을 매달고 하늘에 떠 있고 그 위엔
바람 빠진 우주 혹성들이 둥둥 떠다닙니다

싸담고 돌아갈 곳이 없습니다
망가진 꿈은 재생되지 않습니다
차라리
공중부양을 연습해야 합니다

바람이 어둠을 망또처럼 두르고 나타날 때
밤의 어느 골목길에 버려진 녹슨 깡통들이
몸을 굴려 요령소리를 낼 때
찢겨진 남루한 조각을 주섬주섬 챙겨 입습니다

아무도 안 보는 꼭대기에
거꾸로 매달려 깊은 수양에 들겠습니다
죄송했습니다, 까옥까옥,
기꺼이 재수없는 검은 새의 형상을 뒤집어쓰겠습니다
세상에 남은 오점을 모두 거두어
폐비닐들 펄럭이는
저 우주 어둠 끝으로 승천할 겁니다

전화

탯줄을 자르고 어른이 된 후
플러그 빠진 콘센트처럼 허전한 배꼽에
애인의 배꼽도 대어보고
실연의 칼끝도 대어보았지만
전화기만큼 딱 맞는 건 찾지 못했다

꼬불꼬불한 탯줄을 달고
인큐베이터 같은 박스 안에서 잠들어 있던
전화기를 꺼내며 두근거리던 그때
따르릉, 첫울음과 함께
빈방에 가득 울리던 세상과의 연결음들을
한밤에도 얼마나 기다렸는지

사람들과 연결, 연결되며 느끼는
아흐, 세상은 양수같이 가슴 출렁이는 곳
무참히 깨진 기억들보다 더 많은 번호들이
손에 있는 한

결코 끊어지지 않는다는 것
낙태되지 않는다는 것

오늘밤에도 오지 않는 전화를
공복의 허전한 배 위에 올려놓고 잠을 청한다

단풍의 사상

절제된 참선의 광기가 산속에 절을 세웠겠죠?
내가 절간에 그려진 단청의 울긋불긋함에 대해 말할 때
동행하는 스님은 너무 젊어서
비범한 구석도 없이 그저 웃는다
한무리의 시든 단풍이 뻘건 각혈을 토하며
계곡에 엎드려 있을 때
등 탁탁 처주며 그만 자신을 용서하라고 말해줄 만한
깨달음이 없으므로
나도 그만 웃는다
마을 저 아래에서 폐비닐들이 바람을 타고 올라오고
해발 800고지까지 떠오른 힘에 대해
나는 아무 말 못한다
말할 수 없는 것에 침묵하는 것과
스님들의 빡빡 깎은 머리는 비유적으로 같은 건가요?
나보다 열살은 젊은 스님의 웃음은
나보다 열살은 행복할까
행복한 건 죄가 아닐까,

단전에 힘을 모으고 아랫도리를 단련하는 불상들은

연꽃을 깔고 앉아 있고

연꽃은 만개한 여성의 성기와 유사하죠,

스님들도 자위를 하나요?

나는 관음과는 먼 관음만을 생각하고

섹스나 술이나 담배가 없어도 견딜 수 있는 정도의 고
행이면

차라리 산을 내려가야 옳지 않을까, 물었지만

아무 사상이나 의지가 없이

개울에 둥둥 떠내려가는 단풍잎만 가리키는 스님은

그런 면에서

식물 혹은 식물인간의 상태를 지향한다고 나는 말했다

젊은 스님은 걸음이 빨라서

자꾸 뒤를 돌아보며 나를 기다리지만 그러나

인연이 닿아도

지긋지긋하게 깨달음만 남은 세상에선

다신 만나지 말자고

나는 인사했다
단풍을 데리고 하산,
마을에 닿는 도로변 낭떠러지에 서서
마지막으로 한바탕
절벽과 뜨거운 정사나 나누다 가겠다고,
나는 스님더러 부디
잘 죽으라 했고, 스님은 나더러 부처를 이루라 했다
둘 다 웃었다

제4부

엄마야 누나야 강변 살자

엄마는 오지 않았다
누나는 추워서 노루처럼 자꾸 웃었다 밤새
쥐들이 사람의 목소리로 문고리를 잡아당겼고
누나는 초경을 했는데 받아낼 그릇이 없었다
두부 같은 누나의 살들이 부서질까봐 나는
자꾸 이불을 끌어 덮어주었다
대접 속에 얼어붙은 강은 녹지 않았다
나는 벽에 걸린 엄마사진이 부끄러웠다
뒷문을 열고 내다보면 하얗게 늙은 애들
군가를 부르며 지나갈 때마다
누나는 콩나물처럼 말갛게 속살이 익어갔다
밥상을 차리며
나는 눈물이 나왔다, 군불을 때면
아지랑이가 눈알 속에 피어오르고
거뭇거뭇해진 내 입 주위에도
변성기가 우르르 사나운 눈발처럼 달라붙었다
아아, 엄마, 나는 무엇을 잘못한 걸까요

밤이면 몰래 손톱으로 가려운 몸을 긁어댔다
엄마는 오지 않았고
겨울밤의 흰 문종이를 뚫고 몽유병처럼
신음소리를 흘려보내는 누나를 부둥켜안고
나는 오지 않은 봄을 향해 달려나갔다
엄마야…… 누나야…… (제발)
강변 살자……

피아노가 울었다

밤에 교회에 가서 무릎을 꿇고 혼자 엄청 울었다
설교단상에 꽂힌 마이크는
내 얘기를 한 번도 한 적이 없었다
할머니가 승냥이처럼 밖에 와서
문을 두드리고 발로 찼다
아가야, 집에 가자, 문 열어라,
나는 털이 숭숭 돋은 할머니 손을 피해
동당동당 피아노를 쳤다
줄장미 줄기 속에 흘러다니던 혈구들이 터져
유리창에 번졌다
내 사랑은 오히려 미신에 가까워
반주자 자리에 떨어진 그녀의 머리카락들을
하나씩 주워먹었다
입을 벌려 기도를 하면 불꽃이 나와
나는 자꾸 불을 지르고 싶었다
치렁치렁 머리카락 길게 늘어진 하나님이
나를 노여워하셨다

잠에서 깬 목사님이
뼈다귀만 남은 힘센 우리 할머니와 싸웠다
귀신아 물러가라,
미친 내 사랑을 아무도 쫓을 수가 없었다
피아노 건반은 저절로 춤추기 시작했다
아가야, 아가야,
할머니는 카랑카랑한 목소리로 나를 불러댔다
나는 유리창에 붙은 장미꽃들이 시키는 대로
그녀가 앉던 의자의 가죽까지 다 뜯어먹었다
거룩한 주일 새벽이었고
혼령들이 하나둘
교회 뒤편 음습한 묘지에서 고개를 들어 일어나고 있
었다

배나무꽃 소년

무녀는 박카스병에다 여자귀신을 잡아넣었다
엄마가 보고 싶어요,
내 눈앞에 자꾸 별똥별이 떨어졌는데
할머니는 별똥별이 떨어진 자리엔 똘배나무가 자란다
고 했다

학교 가는데 까마귀가 자꾸 따라와서
사람 키를 세 번 타넘으면 사람이 죽는다는 말 때문에
침을 세 번 뱉었더니 오지 않았다

집에선 돼지를 잡았다
돼지피는 집앞 배나무 밑에 뿌려졌다
나는 배꽃이 하얀색인 걸 처음 보는 것처럼 신기해했다
제물을 바쳐야 한다고 할머니는
내가 잠든 밤에 옷자락을 칼로 끊어 땅에 묻었다

나는 이듬해부터 얼굴이 하얘졌다

우리집 배나무는 열매를 맺지 않았다
누가 할머니를 찾아와 나를 양아들로 달라고 했지만
나는 씨가 귀한 삼대독자였다

나는 대추나무에 절을 하고 소원을 빌었다
엄마를 만나게 해주세요,
삐쩍 마르고 키만 훌쩍 크면서 나는 점점 하얘져갔다
할머니는 나를 안고 자꾸 울었다

배꽃 같은 눈 내리던 동짓날밤 내 고무신이 없어졌는데
발자국은 산을 향해 나 있었다

떠돌이별의 탄생

나, 한마리 정자였을 때
엄마의 자궁을 향해 씨앗을 물고 달려갔겠네
웅녀의 맏딸이었던
엄마의 캄캄한 동굴 속을 헤엄쳐가서
살 수 있을까, 살 수 있을까, 내 고민은
활짝 꽃잎으로 피어났겠네
엄마의 몸은 파문이 일어날 만큼 아득했겠네
우주 속에 떼로 날아다니는
먼지 한톨, 물 한방울 같은
나, 그런 정충이었을 때
엄마는
자신도 모르는 본능에 따라
들숨날숨 불어넣어 내 형상을 만들었겠네
만삭으로 부풀어오르는 엄마의 배에
가만히 귀를 대고는
내 젊은 아버지께서도 허허허, 웃으셨겠네
「창세기」에 나오는 태초의 아버지처럼

보시기에,
참 좋으셨겠네
눈도 귀도 달지 못한 캄캄한 것을 보시고
잘했다, 잘했다, 칭찬하셨겠네

과부 삼대

아버지 기일인데
일찍 시집가서 일찍 늙어 돌아온 누이와
콩인지도 모르고 콩을 까서 바가지 같은 입에 자꾸 주
워담는 할머니의 머리 허옇게 센 죄는 무엇일까

　　주신자도하나님이시고거둬가시는이도하나님이시니

무제공책에 성경을 베끼시는 어머니는
곯은 할머니 귓구멍에서
밥상에 뚝뚝 떨어지는 우리 가족의 잘 안 낫는 죗값을
무슨 수로 다 틀어막나

하얀 목화솜을 말아 마개를 씌우듯 할머니 바깥의 소
리를 봉하는 어머니 손바닥
그 함부로 그어진 빗금 속에서
잠시 서럽게 잠들다 간 사내들은
지금 어디서 홀아비가 되어 제 새끼를 키우나

할머니 손가락에 채워진 은반지는
낮에 잘못 나온 낮달인데
지금은, 시집갔다 이빨만 상해서 돌아온 누이의
텅 빈 입속에 걸려 있고
할머니 조롱박 크기만한 머리통에선
무슨 퀴퀴한 가락이
저렇게 많이 흘러나오나
어머니가 즐겨 쓰던 가면인 누이는
아비 없이 설움을 누구에게 가서 고해바쳐야 하나

주신자도하나님이시고거둬가시는이도하나님이시니

상 위에 차려진 채 식어가는 젯밥,
우리집 과부들은
왜 아버지 죽음 앞에서 한없이 수척하기만 한가

할머니 고름냄새만 지독히 흘러다니는 아버지 기일

물려받은 집

옛날 고향집에 앉아서
산 능선마다 무덤들이 길게 줄지어 달리는 것을 본다
외양간이 있던 곳엔
목에 칡넝쿨을 잔뜩 감은 썩은 기둥이 사육되고 있다
마을로 통하는 길은 풀들에게 점령당했다
전신주 통뼈를 감아 먹은 후
지붕에 앉아서 입맛 다시는 덤불들
뒤뜰에 묻힌 내 탯줄을 파먹은 덩굴 하나가
나를 알아보고는 헛바닥으로 손등을 핥는다
가느다란 실금 뱅뱅 돌다가 꼬인 손바닥,
저희들이 보기에도 콩이파리 같을까
물려받은 거라곤 달랑 이 집이 전부고
여기서 나는 아버지와 할아버지와 할머니를 묻었다
공동묘지를 질질 끌면서 덤불들은 마을로 향한다
낡은 서까래에 이빨을 박고 늘어지던
풀줄기의 작은 대가리 하나가
육식공룡처럼 고개들어 저무는 하늘을 휘휘 둘러본다

124

아무도 없다, 나는 다른 사람처럼 나를 바라본다
그리고 마침내 나는 내가 무섭다

여자들의 이름

여우는 엄마를 늘 데리고 다녔다
돌 던지면 힐끔힐끔 뒤를 돌아보면서 산으로 올라갔다
할머니는 두엄더미에 엄마손톱을 버리지 않았다
가끔 족제비들이 닭을 물어갔는데
눈 위에 붉은 피들이 찍힌 곳을 밟아가면 꼭 절집과 통
했다
밤이면 절집 마루밑에서
희, 영, 숙, 자, 미…… 이런 배고픈 귀신들이 내려와
사람들 신발을 물어가곤 해서
할머니는 댓돌 위에 흰 쌀알을 한움큼 뿌려두곤 했다
대낮에도 여우가 캥캥, 엄마를 불렀는데
할아버지는 그럴 때면 절에 가서 시주를 했다
산 위의 절에서 흘러내리는 석등의 불빛을 받으며
앞마당 가득 눈이 내리면
웬 고운 여자가 오동나무 뒤에 서 있었고
그건 오래전에 시집간 엄마의 얼굴이었다
쌀뜨물처럼 뽀얗고 이쁜 보살들이 밥을 짓는 절에

할아버지가 공부하러 가서 다신 안 오고
할머니는 마을에서 가장 늙은 백여우였는데
마흔이 다된 우리 누나는 이제,
할머니가 거름퇴비 위에 몰래 버렸던 그 얼굴들을 쓰
고 다닌다
시뻘건 눈알을 뜨고
옥영아, 사납게 엄마는 다 큰 누나이름을 부른다

악의 꽃

할머니무덤 이장하다가 보았다
꽃과 나무 들이 육식성이라는 것 강아지처럼 귀여운
솜털의 뿌리가 무덤을 향해 입을 내밀며 쪽쪽
빨아대는 소리가 들렸다 할머니
흐물흐물한 몸에서 손톱과 발톱과 머리털을 뻗어
관을 후벼파고 기어나왔다
할머니, 하얗게 피어난 꽃이었다
구덩이 속에 뱀처럼 엉겨붙은 뿌리들은
햇빛이 닿는 순간에도 웃음을 참지 못하고
흙속에 흘러든 검은 체액을 빨아대고 있었다
향을 피우고 독한 술을 부었다
땅속의 썩은 입냄새를 감추기 위해
무덤의 꽃들은 현혹색을 입고 덩실덩실 춤을 추었다
아가, 나다, 할미다, 피 묻은 입술과
멍든 살코기 같은 잎을 매달고
나는 식은땀을 흘리며 삽으로 뿌리를 찍었다
할머니, 허연 머리털이 뽑혀나갔다

128

어둠에 촉수를 박아넣은 것들은 모두 음주광성
내 습한 겨드랑이가 간지러운 것도 그 때문
나를 빨아먹고서야 시들어버릴 털 때문
화장품을 바르고 향수를 뿌리고
내가 누군가의 몸에 꽃피우고 싶은 것도 그 때문
삽날에 찍힌 아카시아 뿌리들이 드러났다
나는 미친 듯이 할머니를 흔들어 깨웠다
할머니! 제발! 이제, 그만하세요!

월식

1. 어머니

아버지는 나를 업고 신작로에 서 있었다. 커다란 달이 아버지 머리통을 삼키고 있었다. 짚가마니 썩은 냄새가 났다. 미루나무 아래 한 여자가 누워 있었다. 아버지 검은 뒤통수에 대고 나는 물었다. 저기, 죽은 여자는 언제 부활할까요. 아버지가 고개를 홱 돌리셨다. 아버지는 구멍 숭숭 뚫린 메주통, 곰팡이 포자들이 어지럽게 날아다녔다. 미루나무 꼭대기에 매달린 까치집에서 달이 돋았다. 받아라 네 어미다, 아버지는 지푸라기로 여자를 엮어 내 목에 걸어주셨다.

2. 첫사랑

나는 팔을 뻗어 달을 집어삼켰다. 목구멍이 찢어졌고 순식간에 나는 깜깜해졌다. 나는 돌멩이를 움켜쥐고 그녀 뒤로 다가섰다. 누구도 사랑하지 않겠어, 다시는 수음을 하지 않겠어, 나는 떨며 돌멩이를 움켜잡고 그녀의 뒤통수를 바라보았다. 달이 내 속에서 몸을 뒤틀고 있었다. 반짝, 꽃들이 보석처럼 빛이 났다. 그녀가 웃었다. 내 몸 속의 뼈들이 투명한 생선가시처럼 다 보였다. 나는 들고 있던 돌멩이를 들어 내 성기를 마구 찍기 시작했다. 내 몸에선 석유냄새가 났다. 나는 흐느끼며 달아나기 시작했다. 검게, 검게, 꽃물 드는 밤이었습니다, 아버지.

모래무지를 생각함

지금은 가지 않는 비룡사는 내 절
큰할아버지가 주지를 했고
자식 없이 죽은 당숙이 후계자였으니
돌탑 밑에 몰래 파묻어둔 백원짜리도
냇가에서 대대로 업보를 물려받고 태어나는 가재들도
내 것

그리고,
우리 할아버지는 죽어서 소원대로 산새가 됐을 것이고
평생 건달로 깡패로 살다가
술 먹고 물로 걸어들어간 아버지는 물귀신이 됐을라나
할머니가 부처님께 빌은 게 얼마인데
우리집에서 갖다바친 시줏돈이 얼마인데
그러면 적어도 아버지는 남생이나 수염 허연 잉어는
됐을라나
비룡사 앞에 흐르는 맑은 물줄기를 따라 거슬러올라와
마누라 팽개치듯 일찍 세상을 버리고 간 죄

지금도 싹싹 빌고 있을라나

몸에 두 손이 돋은 물고기, 모래무지
나는 나이들고 다시는 옛날을 생각하고 싶지 않지만
죽은 할아버지가 이따금 회초리 들고 쫓아오기만 하면
나도 모르게 어느새 그 절집,
개울가에 납작 엎드려
까닭도 모르는 내 죄를 싹싹 비는 것이다, 모래무지

거미의 눈

줄을 타고 내려와 아버지가 나를 송곳니로 물었다
부처님이 나를 선택하셨어요, 할머니
글눈 없는 할머니가 기뻐하시도록 나는 거짓말을 했다
창문에 그물친 달빛은 내 방을 통째로 움켜쥐고 있었다
너는 참 점잖은 아이구나, 설날이면
친척들이 모여 내성적인 나의 사나움을 칭찬했다
부처님 뒤에 내 이름이 정말 붙어 있나요, 할머니는
사월초파일이면 승천했다가 이튿날이 되어야 강림하
셨다
문 위에 붙은 부적마다 거미줄이 늘어져 있었다
대추나무에 둘둘 감아놓은 새끼줄을 펴보면
거미들이 바글바글했다
할머니, 아버지는 어떻게 극락으로 올라갔나요
새끼줄을 몸에 둘둘 감고
껍데기만 남은 할머니는 눈 오는 날 상여를 타는 게 소
원이었다
가느다란 줄을 풀며 실비가 내렸다

134

내 이마에 박힌 점 속에서
아버지는 흉한 턱을 내밀고 나에게 욕을 했다
하늘이 쳐놓은 커다란 방충망에 마을이 대롱대롱 매달
려 있었다
부처님이 할머니를 조금씩 파먹고 남겨둔 자리에
나는 참 아름답고 준수한 청년이 되어 자라났다
여러 겹의 밝은 눈들이 머리에 돋아
뜻도 모를 주문들이 적혀 있는 내 몸을 읽기 시작했다
아버지는 내가 자랄수록 나를 노여워했다

커다란 허물

사랑방에 들어가다
웬 낯선 어린애가 서 있는 걸 보았는데
내가 한대 때렸더니 눈알을 부라리며 달아났다

할아버지 꿈속에서
송장메뚜기들이 우리집 지붕을 다 뜯어먹고
사랑방에선 구렁이가 한 마리가 기어나갔다고
다신 들어오지 말라고 할아버지가 나를 내쫓았다

나는 둑방 돌틈에서 닷새를 잤다
내 꿈에 그애가 나타나
손짓을 하는 곳으로 따라가다가
따라가면 죽는다, 죽는다, 죽은
아버지 목소리를 듣고는 깼다
할아버지는 지게작대기로
몰래 장롱 속에 숨어들어온 나를 막 때렸다

그해 가을 무허가 우리집이 헐리고
할아버지는 위에 구멍이 나서 죽고
할아버지가 꿈에 나타나
내게 아무 말도 안하고 사라졌다

나는 내가 만났던 그애를 한 번도 본 적이 없었는데
집이 헐린 자리에선 커다란 뱀허물이 나왔다
대여섯살 먹은 애 크기만했다

악령

슬픔이 왔고 나는 기꺼이 그것을 따먹었다

오 놀라워라, 자양강장제 박카스를 오십병도 넘게 마
신 싸움소보다 힘이 세진, 내 조울증 앞에 서면

누구든 미친놈의 증표를 읽었으니

밤마다 신열에 들떠 담장을 뛰어넘고

마을 지붕을 타고 넘으며

나는 당신을 향해 달렸다

눈이 밝아졌으니 그깟 야맹증, 색약증이 벌겋게 물든
내 영혼을 어쩌지 못했다

창가에 해골처럼 떠오른 달님에 키스했을 뿐인데

어두컴컴한 빛의 국물을 달고

시원하게 한사발 마셔보았을 뿐인데

슬픔이 왔고, 우연을 가장한 필연으로

나는 그 가녀린 허리를 끌어안고 입을 맞추었다

그러나 불꺼진 그 집앞 골목길에서

칼로 손목을 마저 다 긋지 않았다고

끈 떨어진 수소풍선처럼 목을 대롱대롱 허공에 걸지

않았다고
　다 바치지 않았다고
　슬픔이 왔는데,
　다 분질러 육포처럼 잘근잘근 씹어삼키지 못했다고
　당신은 울었지만
　내 시커먼 손톱은 매발톱 같았다
　머리털은 비 맞은 까마귀 같았다
　평생 미친 마음을 품고,
　나는 달 위에 독방을 내고 밤마다 훌쩍 뛰어올라가
　하염없이 달 속의 썩은 해골물 마셨다
　박카스를 오십병도 넘게 마신 싸움소처럼
　머리에 뿔이 돋고 가렵고 아프고 어지럽고
　아무데나 힘껏 치받아보는 미친 마음을 끌어안고
　슬픔이 왔고, 슬픔을 욕심껏 따먹었는데, 힘껏 나를 쑤
셔박아넣었는데
　하, 벌써 반쯤은 악귀가 되어버린 내 노래가
　저기 조용히 잠든 마을에 환하게 달빛 되어 내렸다

내겐 너무 불행한 잠

행복한 사람들은 실컷 잠을 먹고
아무데서나 잠을 퍼질러지게 싸고
맘만 먹으면 잠과 간통하며 잠들 수 있겠지

하나님은 그 사랑하는 자에게 잠을 주신다는데
아무리 기다려도 잠은 안 오고
아버지 기일에 지방을 쓰기 위해 일주일은 밤잠 설치
며 연습을 했었지
아흐, 내게 귀신처럼 들러붙은 희뿌연 어둠이여
원시부족들에겐 불면증이 없다는데

우주에서 맥주병처럼 빙글빙글 지구가 돌고
사람은 나면서부터
평생 잠의 근처만 기웃거리다 가는데
어쩌다 운이 좋은 사람들은 실컷 잠을 먹고
잠을 싸고,
잠을 끌어안고 몽정을 하며 뒹굴다가 가겠지

하나님은 사랑하시는 자에게만 평안을 주신다는데
내겐 너무 비싼 평안,
현고학생부군신위,
밤마다 엎드려 비몽사몽 잠을 이마 위에 붙이는 사람
문종이처럼 웅웅거리는 사람

아득히 멀리서 왔다가
내 오랜 편두통만 힐끗 열어보고 가는

내겐 너무
불행한 잠

돈 키호테를 만나다

나는 노인 하나를 잡았다
공원에 혼자 앉아 있는 걸 붙들어왔다
뒤를 밟아온 나무들은 더이상의 추적을 포기했다
그는 모르는 게 없고, 안 가본 곳이 없으므로
나는 노인의 딱딱한 등짝에 올라탔다
저기 팽팽 지칠 줄 모르고 돌아가는
당신의 칠십세로 나를 안내하시오,
촛농처럼 아래로 흘러내린 뱃살을 나는 걷어찼다
아귀가 맞지 않는 뼈들이 후두둑
무너지는 소리가 내 안에서도 들렸다
이보게, 그렇게 서둘지 않아도……
나는 노인의 목에 맨 줄을 힘껏 당겼다
희망이 얼마나 지겨운지, 노인이
들고 있는 물그릇을 빼앗아 나는 밟아버렸다
노인이 불쌍하다는 생각은 나쁜 것이다

노인은 나무뿌리 같은 손가락을 펴서 땅을 짚은 채

엉금엉금 기기 시작했다
힐끗힐끗 바람 속을 떠다니는 청년들이 쳐다보았으나
아무도 탓하는 사람은 없었다

노인은 천천히 풍차를 향해 걸어갔다
텅 빈 양철깡통 소리
뎅그렁뎅그렁, 밤 12시를 향하여
바람부는 서쪽을 향하여
나는 노인을 몰고 갔다

새들의 역사

우리 집안 남자들은 난생설화 속에서 태어나기 때문에
배꼽이 없다
그러니 탯줄 없는 남자들을 무슨 수로 잡아매나
밤하늘엔 연줄 끊어진 연들처럼 별들이 떠돌고
우리집 나그네,라는 우리 친척 여자들의 말 속에는
모계사회의 전통가옥과 거미줄과 삐걱거리는 툇마루뿐
멀리 강원도 탄광에 갔다가 돌아오지 않는
우리 당숙도 죽어서는 새가 되어
가지 않고 날마다 숙모의 꿈속에 내려와 운다
티베트에선 죽은 사람을 독수리 먹이로 던져준다는데
누가 우리 집안 여자들을 부려 새를 키우나
배꼽이 없는,
그래서 세상에 아무 인연도 까닭도 없이
엄마는 부엌에 쭈그리고 앉아 피똥 싸듯 나를 낳았다
어서어서 자라서 훨훨 날아가라고 서둘러
날개옷 같은 하얀 배냇옷 한 벌을 지어놓았다
서른일곱에 정착도 못하고 나는 지금도 어딜 싸돌아다
닌다

어둠 기타를 위한 변주곡

한 번도 아버지를 본 적이 없는 나는 박치여서 박자를
자꾸 놓쳤다 주일마다

나는 훔친 그녀 사진을 헛바닥 밑에 넣고 잘근잘근 단
물이 나올 때까지 씹었다

(어머니가벗어놓은팬티에는누런달맞이꽃이따닥따닥
피어있었습니다)

나는 아버지가 미워서 아버지 기일에 십자가를 칼처럼
품고 자버렸다

교회 유리창을 깨고 흘린 피로 값을 치르고

포장지도 뜯지 않고 나는 가슴에다 그녀를 길렀다

(나는그녀의성기를사랑한것이절대로아니었습니다)

밤이면 어머니는 딴 남자와 함께 손을 맞잡고 성스러
운 합창을 했다

어머니의 메조소프라노 신음소리를 틀어막으며

검은 씨앗을 배고 여물어버린 내 절대음의 세고비아
기타는

단조로 노래하는 것을 무서워했다

나는 다른 사람들보다 늘 반박자 먼저 울분이 터졌고

아버지는 가끔 성가대 바로 앞자리까지 재림하셔서 나를 불렀다

이리 오너라, 이리 올라오라니까!

(아버지보고싶어요아버지가저보고대신아버지가되라고하신명령은너무견딜수없는우울한성적충동이에요)

나는 밤마다 기타를 띄워 그녀를 태워주고 싶었다

긴 생머리를 한 음표들이 정자새끼들처럼

꼬물꼬물 어둠속으로 돌진해가는 걸 보여주고 싶었다

인사해, 저기가 아버지 무덤이야,

내 괴상한 소원을 눈치챈 어머니는 나를 꼭 안으시며

(여보정말미쳤어요G코드를잡으면버금딸림화음처럼어머니가따라나왔다)

(하늘에계신우리아버지부디천국에가면그애를제깔따구로주소서, 차마그런기도는하지못하고나는그여자애뒷줄에앉아찬송을불렀습니다)

교회 앞마당을 걸어나오면서

나는 이다음에 참으로 점잖은 아버지가 되고 싶었는데

　(그런아버지를내상판에모시고사는내게강같은평화를
그녀는한없이두려워했습니다)

　머리 위에선 종소리가 신령스럽게 내려왔고

　그건 하늘에 계신 우리 아버지가

　내 사랑을 기꺼이 제물로 받겠다는 뜻이었다

해설

살풍경의 그로테스크
이경수

1

최금진의 첫 시집에는 가난 때문에 소외당하고, 세상에 대해 이유없는 적개심을 지니게 된 사람들이 모습을 드러낸다. 시인이 펼쳐놓은 우울하고 악몽 같은 현실은 너무 끔찍해서 낯설어 보이기도 하고, 그로테스크하게 느껴지기도 한다. '그로테스크'가 이질적인 것들이 형성하는 낯설고 기괴한 분위기와, 그로 인해 느껴지는 설명하기 힘든 복합적인 감정을 동시에 지칭하는 것이라면, 최금진의 시는 분명히 그로테스크하다. 끔찍함과 웃음이 공존하는 시, 환상이 아닌 현실에 뿌리내리고 있는 시라는 점에서도 물론 그렇다.

"건져올려놓고 보면 영락없이 / 작년에 죽은 누군가의 이목구비가 달려" 있는 "저수지의 잉어들"(「잉어떼」)이나, 꿈속에 찾아와 "피 묻은 쇠고기를 허겁지겁 맨손으로 떼어먹"는 "빼빼 마른 조상들"(「다들 어디로 가나」)이나, "밤이면 우울증을 앓는 사람들이 / 유체이탈한 영혼들처럼 기다란 복도에 나와 / 열대야 속에 멍하니 앉아 있"(「아파트가 운다」)는 모습이나, "여우원숭이처럼 킥킥 킥 웃으며 / 주름이 지문을 다 파먹어버린 손으로 / 손톱을 세워 미끄러운 사과를 집"어먹으며 반지하셋방에서 "「동물의 왕국」을"(「자매」) 보는 늙은 자매의 모습이나, '나는 당신의 무엇이었을까'라는 메모 한장을 남겨놓은 채 차 트렁크 속에서 "헤벌어진 해골의 웃음"(「사랑에 대한 짤막한 질문」)으로 발견된 여자의 시신이나 어딘가 끔찍하면서도 우스꽝스럽기는 마찬가지이며, 또한 참혹할 만큼 현실적이다.

너무 리얼해서 기괴하게 느껴지기도 하지만 비현실이나 환상의 세계에 발을 들여놓지 않고 굳건히 현실적인 최금진의 시는 그로테스크 미학의 핵심을 관통한다. 허무맹랑한 공상의 세계나 비현실적인 환상의 세계는 더 잔혹하고 괴기스러운 세계를 그려도 '비현실적'이라는 전제로 인해 그 미학적 효과가 반감되기 쉽다. 최금진의 시가 그리는 풍경이 상상을 초월할 만큼 끔찍한 것이 아닌데도 참혹하게 느껴지는 것은 그것이 다름아닌 우리의 현실이기 때문이다. 그렇다고 그 풍경이 비극적 숭고미나 비장미를 풍기는 것도 아니다. 이미 그가 그리는 풍경과 정서가 동시대가 요구하는 것과 어그러져 불화하기 때문에 그의 시에서는 묘한 웃음기가 묻어난다. 바로 여기서 그의 시는 진정으로 그로테스크한 미학을 구축하게 된다.

더이상 가난이 팔리지도 가난을 팔려고도 하지 않는 시대에 여전히 가난과 고독과 소외를 노래하는 시는 그 고집스러움으로 인해 기대를 품게 한다. 시대와 불화하고 세상을 부정하는 태도가 시집 전반에 깔려 있는데 바로 그 균열과 거리가 최금진의 시가 비극이 되는 것을 가로막는다. 슬프고 외롭고 안타까운 풍경이지만 비극적 숭고미보다는 살풍경의 그로테스크한 아름다움을 풍기고, 그것이 잔혹한 현실을 환기한다. 그러나 가난에는 낭만이 끼어들 여지가 없다. 가난은 그의 시에서 병과 욕설과 폭력과 우울증과 분노와 죽음과 슬픔을 거느린다.

2

가난은 최금진의 시에서 대물림하여 유전되는 것으로
그려진다. 가난한 아버지와 불행한 어머니의 유전자는
강력해서 한번 물려받으면 좀처럼 벗어나기 힘들다. 전
지구적으로 팽창한 한국형 자본주의 사회에서는 신분상
승이나 계층이동을 통해 가난에서 벗어나는 일이 더욱
힘들어졌음을 시인은 정확하게 꿰뚫어보고 있다. 그들을
더욱 외롭고 힘들게 하는 것은, 가난이 우리 모두의 현실
이 아니라 그들만의 현실이라는 사실과 그로 인한 상대
적 박탈감, 그리고 가난에서 벗어날 가망이 도통 보이지
않는다는 절망감이다. 신자유주의의 경쟁논리에 세뇌된
이 사회는 가난한 사람들에게 게으르고 무능하다는 낙인
까지 찍으려 든다. 가난은 불편할지언정 부끄러운 것은
아니라는 사회적 가치판단은 지난 시대의 윤리일 뿐 더
이상 힘을 발휘하지 못한다. 풍요를 추구하고 가진 만큼
누리는 일이 당당한 미덕으로 여겨지기도 하는 오늘의 현
실은 가난한 사람들의 소외감을 더욱 가중시킬 뿐이다.

가난한 사람들의 아파트엔 싸움이 많다

건너뛰면 가닿을 것 같은 집집마다
형광등 눈밑이 검고 핼쑥하다
누군가는 죽여달라고 외치고 또 누구는 실제로 칼로
목을 긋기도 한다
밤이면 우울증을 앓는 사람들이
유체이탈한 영혼들처럼 기다란 복도에 나와
열대야 속에 멍하니 앉아 있다
여자들은 남자처럼 힘이 세어지고 눈빛에선 쇳소리
가 울린다
대개는 이유도 없는 적개심으로 술을 마시고
까닭도 없이 제 마누라와 애들을 팬다
아침에는 십팔평 칸칸의 집들이 밤새 욕설처럼 뱉
어낸
악몽을 열고 아이들이 학교에 간다
운명도 팔자도 모르는 화단의 꽃들은 표정이 없다
　　　　　　　　　　　　—「아파트가 운다」 부분

서울의 구석구석까지 빼곡히 들어찬 아파트도 동네에
따라, 종류와 평수에 따라 천차만별이다. 십팔평 임대아
파트에 평생을 건, 가난한 사람들이 모여사는 서민아파
트에는 싸움이 끊이지 않는다. 싸움의 원인은 대개 돈에

있다. 돈이 행복을 보장해주는 것은 물론 아니지만, 가난하다는 이유로 일상의 곳곳에서 번번이 좌절당해야 하는 사람들이 우울증에 걸리지 않거나 적개심을 품지 않고 살아가기란 생각만큼 쉽지 않다. 사는 게 지긋지긋해서 악다구니를 퍼붓는 일이 심심찮게 벌어진다. 아니, 도를 닦지 않는 한 그럴 수밖에 없는지도 모른다.

"까닭도 없이 제 마누라와 애들을" 패는 가장이라고 능력있고 자상한 가장이고 싶지 않았을까. 그것이 가정폭력의 면죄부가 될 수는 없지만, 개인의 힘으로는 어쩔 수 없는 불가항력이 있는 것 또한 사실이다. 누군들 좀더 교양있게 도덕을 준수하면서 살고 싶지 않겠는가. 더 나은 삶을 향한 꿈이 매번 배반당하고, 그 참혹한 시간을 건디다 서로 사랑하지 않게 된 가족들에게 그래도 꿈을 잃지 말고 서로 믿고 사랑하며 살아야 한다는 말이 설득력을 가질 리 없다. 그는 "사람은 가장 위험한 순간에 사람을 설득할 수 없"음을 너무 잘 알고 있다. "차마 놓을 수 없는 어떤 본능으로" "적어도, 너는, 사람이다, 이러면, 안되는 거다,"(「천 개의 손」) 하며 최악의 선택을 절박하게 만류해보지만, 더 많은 경우에 "대한사람 대한사람끼리 길이 보전하세요"(「애국가를 추억하며」)라고 냉소적으로 말하는 것도 그 때문이다. '가난한 아버지들의 동화'는 결코 해피엔드로 끝나지 않는다.

우리가 정말 산타일까, 의심하는 아이들은
공화국에서 가장 머리가 나쁜 축에 속한다
탁아소에서부터 이타심과 희생정신을 교육받으며
눈길을 혼자 걸어갈 힘만 생기면
아이들은 모두 산타가 되는 것이다
부대자루에 가득 들어 있는 선물들은 모두
국영기업체에서 일률적으로 찍어낸 모조품이지만
공화국 링거줄에 주렁주렁 열려
탐스럽게 익어가는 저 불쌍한 꿈 기계들은
자신의 행복이 매년 진보하고 발전한다고 믿어야
한다

　　　　　 —「매트릭스 혹은 우리들의 산타공화국」 부분

최금진 시의 냉소는 우리 사회의 아픈 폐부를 들춰내
공격한다. 그의 시를 읽으면서 아프거나 불편하지 않다
면 이미 공화국의 링거줄에 의존해 연명하는 데 길들어
있기 때문이거나, 그가 제기하는 문제에 공감할 이유도
필요도 없는 처지에 있기 때문일 것이다. 시인이 그리는
'산타공화국'에서는 의심이 용납되지 않는다. 공화국 시

민이 되기 위해 필요한 덕목은 이타심과 희생정신과 진보에 대한 확신이다. 의심과 불신의 시선을 철저히 감시당하며 이타심과 희생정신과 희망에 세뇌당한 채 링거줄이 연결된 성실한 '꿈 기계'가 되어 살아가는 산타공화국의 사람들은 바로 우리들 자신이다. 실업도 자살도 우울증도 없다고 말하는 공화국의 감시체제는 불온한 정신이나 투쟁력을 근원부터 철저히 말살시킨다. 그 밑바닥에 자본의 논리가 작동하고 있음은 물론이다. 그는 당신은, 혹은 우리들은 링거줄에 매달린 꿈 기계가 아니냐고 아프게 묻는다.

"한때 빨간색을 극단적으로 추앙했던 불순분자들조차도/링거줄이 연결된 성실한 꿈 기계가 되"게 하는 공화국의 놀라운 위력을 최금진 시는 냉소적으로 그리지만, 그것은 달리 말하면 그가 그만큼 이 공화국의 정체를 잘알고 있다는 뜻이기도 하다. 냉소는 아는 자의 태도이다. 냉소적 시선은 삶을 꿰뚫어보는 통찰력을 가지고 있다. 하지만 냉소적 시선을 지닌 이들은 대개 세상을 바꾸거나 움직이지는 못한다. 뜨거운 에너지로 끓어넘치는 이들의 단순성이 긍정의 힘을 산출해 때론 세상을 바꾸기도 하는 것과는 달리, 냉소적 태도의 차가움은 의심의 눈길을 거두지 않으며 세상과 한 발 거리를 두고 떨어져 있으려 한다. 어쩌면 시인들은 뜨거운 에너지로 직접 세상을 바꾸는 혁명가이기보다는 후자의 태도에 더 가까운 존재들인지도 모른다. 최금진 시에 나타나는 냉소와 회의의 시선도 그런 점에서 시인으로서의 운명을 역설적으로 보여주는 부정정신이라고 할 수 있다.

3

지긋지긋한 가난의 체험과 불행한 가족사적 내력으로 인해 자본주의의 생리를 누구보다도 잘 알고 있는 최금진 시에는, 가진 것이 없어서 절망하고 슬픔의 구렁텅이에 빠진 사람들이 자주 등장한다. 그들은 사회구조가 낳은 폭력의 희생양들이다. 그의 유년의 고향에 자리한 저수지에는 "유서도 못 쓰고 죽은 신원미상의 젊은 여자와 / 병들어 앓다가 엉금엉금 기어와 / 신발만 겨우 벗고 뛰어든 할망구"(「잉어떼」)의 한이 서려 있고, "얼굴 시커먼 청년들에게 제물로 바쳐지곤" 하던 "손톱에 봉숭아물을 들인 누이들"(「석회암지대」)의 슬픔이 가라앉아 있다. 그의 현실도 못지않게 절망적이다. "나이 서른여덟"에 "느타리버섯 같은 암세포가" "항문을 다 파먹고 이미 내장

에까지 뿌리"를 내렸는데도 고작 "스무평 전세아파트와
/현금 이천만원"밖에 남기지 못했다는 이유로 "자식 걱
정, 와이프 걱정"(「친구야, 혼자서 가라」)이 앞서는 친구를
속수무책 바라봐야만 하고, "화장실 변기통에 앉아서/
콩팥을 팝니다 전화주세요,를 보다가" "당겨쓴 카드빚과
텅 빈 통장을 생각하"(「팝니다, 연락주세요」)며 삼십대 후
반이라는 나이를 자각해야 하는 우울한 인생이다. 그러
니 그의 시에 세상으로부터 버려져 소외당한 사람들의
사연이 구구절절하게 펼쳐지는 것은 당연한 일인지도 모
른다.

아, 그렇습니까…… 네, 네, 사내는 입술을 질끈 깨물며
버려진 수화기처럼 웅크리고 돌아선다
손에서 구겨진 메모지가 무섭게 바닥에 달라붙는다
먹구름들이 하늘을 두껍게 풀칠해놓고
사내의 이력서 위에 새로운 어둠을 발라놓는다
상가에 켜진 TV들은 눈을 깜빡이며
간단명료하게 이 저녁의 풍경을 정의한다
태풍북상, 그러니 모든 외출을 삼가시압!
사내는 젖은 비닐봉지처럼 굴러간다
바람을 품고 아주 높이 떠오르고 싶다,

사내는 잔뜩 부풀어오른 외투를 부러 채우지 않는다

　　　　　　　　　　　　　　　　　　　—「태풍 속에서」부분

　　태풍의 북상을 알리며 모두들 일찍 귀가할 것을 종용
하는 동사무소의 안내방송이나 텔레비전 뉴스 보도에도
아랑곳하지 않는 한 사내가 있다. 폭우가 쏟아지는 태풍
속에서도 그는 구인광고지를 들고 전화를 걸기에 여념이
없다. 그에겐 돌아갈 집도 없고, 태풍을 피할 여유도 없
다. 그의 삶 자체가 바로 한치 앞도 알 수 없는 태풍 속에
놓여 있기 때문이다. 북상할 태풍으로 인해 도시 전체가
마비되자, 그 속에서 더욱 철저히 배제되고 소외되는 사
람들이 있다. 그가 바로 태풍 속에 있는데, 태풍을 피해
외출을 삼가고 귀가하라는 공허한 안내방송만 울려퍼진
다. 간단명료하게 정의되는 저녁의 풍경에서, 일자리를
얻는 데 실패하고 또 한번 좌절하는 사내의 모습 따위는
가볍게 생략되어버린다. 사내에겐 절박한 생계의 문제
지만, 사람들에겐 그저 젖은 비닐봉지처럼 의미없는 일
일 뿐이다. 이 지독한 아이러니를 최금진 시가 노려보고
있다.

　　노파는 파리약을 타 마시고 죽었다

광목으로 지어 입은 속옷엔 뭉개진 변이 그득했다
입속에 다 털어넣고 삼키지 못한 욕설들이
다족류처럼 스멀스멀 벽지 위를 오르내렸다
어디 니들끼리, 한번 잘살아봐라……
스테인리스 밥그릇처럼 엎어진 노파의 손엔
사진 한장이 구겨져 있었다
손아귀에 모아진 마지막 떨리는 힘으로
노파는 흙벽을 긁어댔으리라, 뒤집혀진 손톱
그 핏물을 닦아내는 여자의 완고한 표정을
노파는 허연 게거품을 물고 맞서고 있었다
호상이구만 호상, 닭뼈다귀 같은 노파의 몸을
꾹꾹 펼쳐놓으며 남자는 신경질적으로 코를 막았다

　　　　　　　　　　　　　　　—「조용한 가족」 부분

　가족들로부터 버림받아 외롭게 살았을 노파는 죽음을
선택함으로써 자신의 존재를 알리지만, 파리약을 타 마
시고 죽은 끔찍한 자살조차 단지 노인이라는 이유만으로
호상으로 둔갑해버린다. 죽음이 처리되는 방식의 냉혹함
이 "호상이구만 호상", 이 한마디에 응축되어 있다. 거기
에 죽은 자에 대한 배려라곤 눈곱만큼도 없다. 오로지 남
은 가족들의 체면치레를 위한 이기심만 작동하고 있을

뿐이다. "어디 니들끼리, 한번 잘살아봐라……", 노파가 남기고 간 욕설과 저주는 아무런 파장도 일으키지 못한 채 치욕적이게도 그 자신의 죽음 위로 되돌아온다. "발가벗겨진 노파의 보랏빛 도는 입"에 "서둘러 쌀 한줌"을 꽉 물린 채 그의 죽음을 봉인하려 드는 남은 가족의 이기적 폭력 앞에서, 노파는 죽은 뒤에도 한낱 복날의 닭과 같은 신세가 되어버린다. 인간에 대한 예의라곤 사라진 이 냉랭한 현실을 최금진 시는 가족관계를 통해 보여줌으로써 잔혹한 풍경을 완성한다. 인간이 인간을 소외시키는 냉랭한 현실이나 그것을 직설적으로 그리는 시인의 시선이나 섬뜩하기는 매한가지다.

> 웃음은 활력 넘치는 사람들 속에 장치되어 있다가
> 폭발물처럼 불시에 터진다
> 웃음은 무섭다
> 자신만만하고 거리낌없는
> 남자다운 웃음은 배워두면 좋지만
> 아무리 따라해도 쉽게 안되는 것
> 열성인자를 물려받고 태어난 웃음은 어딘가 일그러져
> 영락없이 잡종인 게 들통난다
> 계층재생산,이란 말을 쓰지 않아도

얼굴에 그려져 있는 어색한 웃음은 보나마나
가난한 아버지와 불행한 어머니의 교배로 만들어진 것
자신의 표정을 능가하는 어떤 표정도 만들 수 없기
때문에
웃다가 제풀에 지쳤을 때 문득 느껴지는 허기처럼
모두가 골고루 나눠갖지 않는 웃음은 배가 고프다
　　　　　　　　　　　　　　　──「웃는 사람들」 부분

　웃음이야말로 인간의 개성이자 혁명적인 것이라고들
말하지만, 그 웃음조차 마음껏 나눠가질 수 없는 사람들
이 있다는 데 시인은 주목한다. 활력 넘치는 사람들 속에
장치되어 있다가 폭발물처럼 불시에 터지는 웃음이 무서
운 이유는 그것이 누군가의 소외감을 가중시키기 때문이
다. "가난한 아버지와 불행한 어머니의 교배로" 태어난
사람들은 자신만만하고 거리낌없는 웃음의 순간에 동참
할 수 없다. 그들의 웃음은 어딘지 일그러져 있다. 그것
을 시인은 열성인자를 물려받고 태어난 웃음이라고 말
한다. 양극화는 어느새 웃음의 세계에까지 침투해버렸
다. 큰소리로 터지는 웃음 속에서 홀로 어색한 미소를 억
지로 지어본 적이 있거나 적막한 섬이 되어본 적이 있는
사람이라면, 시인의 웃음론에 동의하지 않을 수 없을 것

이다.

시인의 말처럼, "모두가 골고루 나눠갖지 않는 웃음은 배가 고프다". "대책없이 거리에서 크게 웃는 사람들"이나 "어깨동무를 하고 넥타이를 매고/우르르 몰려다니는 웃음들"은 "너무 폭력적이다". 아무런 악의도 없고 다른 누군가를 해할 만한 일을 하지 않아도 그 존재만으로 위협이 될 수 있는 것이 바로 우리가 사는 사회인지 모른다. 웃음조차 계통이 나뉘어 있으므로, 아무것도 하지 않아도 자신이 소유한 것이 다른 누군가에게 상대적 박탈감을 안겨줄 수 있는 세상. 그것이 바로 자본주의 사회의 폭력이 아니겠는가. "계통이 훌륭한 웃음일수록,/말없이 고개숙이고 달그락달그락 숟가락질만 해야 하는/깨진 알전구의 저녁식사에 대한 이해가 없다". 자신의 웃음이 누군가에겐 외로움이 될 수 있음을 이해하지 못한다. 상대방에 대한 이해가 없이는 웃음에도 민주주의가 없다.

4

이 시집의 1부에서 3부까지는 가난하고 소외된 자들을 그리는 데 바쳐진다. 그중에서도 1부에는 사회적 의미를 지닌 시들이 주로 실려 있다. 세상을 향한 공격성이 두드러진 시들도 여러 편 눈에 띄는데, "오래전 죽은 내 아버지도 싫"고 "주민등록증 말고는 증명할 게 없는/가난한 친척들"도 싫고 "아리고 아린 아리랑"(「여기에 없는 사람」)도 싫다고 말하는 지독한 염오는 결핍에서 연유한다. 자신을 소외시키는 세상에 시인이 맞서는 방식이 바로 염증을 드러내는 것이다. 그는 자신을 '여기에 없는 사람'이라 선언함으로써 자신의 존재를 부정한다. 가진 게 없는 사람의 존재감을 사라지게 하는 전지구적 자본주의의 폭력적 현실에 맞서, 시인은 보란 듯 자신의 존재를 지워버린다.

그런데 이 자기부정 의식은 최금진 시인에게 태생적인 것이기도 하다. 그는 시집의 4부에서 불행한 가족사를 통해 지상에 뿌리박지 못하고 떠도는 피의 내력을 들려준다. 자신의 가계(家系)를 '새들의 역사'로 인식하는 최금진은 그가 떠돌이의 운명을 타고났음을 순순히 인정한다. 그의 시집에는 결핍을 나타내는 '없다'라는 시어가 빈번하게 등장하는데, 시인 스스로 "깡다구의 허기"(「무법자」)라고 명명하기도 한 이 허기야말로 최금진에게 시를 쓰게 하는 힘이다. 허기가 채워진다면 그의 시는 고분고분하고 말랑말랑해지거나 존재의미를 잃어버릴 수도 있다. 불행과 그로 인한 허기를 밑천으로 쓰이는 그의 시는 불온한 힘을 지니고 있지만 그만큼 위태로운 것도 사실이다. 시인에게는 잔인한 말일 수도 있지만, 나는 그의 시가 얌전하고 고분고분해지기를 바라지 않는다. 적당히 주저앉아 따뜻한 서정을 그리는 것은 그의 몫이 분명히 아닌 것 같다. 거친 숨을 내뿜는 직설적 언어와 현실에 대한 독기어린 눈으로 새로운 돌파구를 열어가기를 바란다. 냉소라는 시적 태도와 현실을 환기하는 그로테스크 미학을 통해 최금진 시는 이미 그 가능성을 보여주고 있다.

李京洙 | 문학평론가

■
시인의 말

운명이란 게 있다는 것을 믿는다.
그리고 그것은 내 의지와 무관하게
목줄을 쥐고 함부로 끌고 다니며
울게 하고, 웃게 하고, 떠들게 하고, 술 취하게 한다.

그러나 꼭 그 길을 걸어갔어야 했는지 생각한다면
나는 그저 무기력하게 침묵할 수밖엔 없다.

사는 게 내 것이 아닌 양
경이로운 눈으로 감탄하는 것이
늘 뒤늦게 내가 얻는 후회와 탄식의 깨달음이다.

그러나 나는
평생 이러한 경이로움에 이끌려 살아갈 수 있기를 바

란다.

　내 힘과 능력으로는 도무지 어찌할 수 없는 것들을 앞
에 두고 있을 때
　온몸과 정신의 촉수가 빳빳하게 고통으로 세워져 있
을 때
　나는 무언가에 복수라도 할 듯
　부들부들 떨리는 손으로 펜을 움켜쥐고 앉는다.

　그리고 어두운 창밖으로 비가 내리면
　그 보이지 않는 소리를
　어딘가에서 스며드는 귀신 울음 같은 소리를
　알아듣는 내 핏줄과 신경은
　꽃처럼 피어나 황홀하게 운다, 웃는다.

　후회는 없다.

　살 뿐이다.
　살아 있으니 다만 그저 쓸 뿐이다.

2007년 10월
최금진

창비시선 280

새들의 역사

초판 1쇄 발행 / 2007년 10월 15일
초판 11쇄 발행 / 2023년 1월 5일

지은이 / 최금진
펴낸이 / 강일우
책임편집 / 황혜숙
펴낸곳 / (주)창비
등록 / 1986년 8월 5일 제85호
주소 / 10881 경기도 파주시 회동길 184
전화 / 031-955-3333
팩시밀리 / 영업 031-955-3399 편집 031-955-3400
홈페이지 / www.changbi.com
전자우편 / lit@changbi.com

ⓒ 최금진 2007
ISBN 978-89-364-2280-6 03810